--話說日本人之心--

機能別日語會話

目黑 真實・勝間祐美子

濱川 祐紀代・栗原　毅　　　合編

陳　山　龍　博士　　　譯

U0075572

鴻儒堂出版社

前　言

　　本書將日語中無法以句型來分類學習的生活會話實例，依其機能及場面的不同加以分類。

　　在學習者的會話例中，經常出現這樣的情況。學習者所做的表達，意思是傳達到了，卻不符合一般日本人的說法。甚至於這樣的表達方式會造成日本人無謂的誤解或不愉快。這應該就是所謂的溝通代溝吧！這些溝通代溝正是學習者在日本這個異文化生活下容易造成誤解與摩擦的原因，有時會因而陷入不信任日本人的地步。

　　此書舉出「讓人冒冷汗的會話（ハラハラ会話）」做為溝通代溝的例子。透過這些「讓人冒冷汗的會話（ハラハラ会話）」指出「日本人這時候會這麼說」，而非「這時非如此說不可」的教戰手則。為使外國人能了解日本人的心理，本書將「讓人冒冷汗的會話（ハラハラ会話）」做為異文化交流之素材。

　　「話說日本人之心　機能別日語會話」與向來的會話教材稍有不同。作者認為在溝通的過程中，了解彼此的文化比學習會話的技能來得重要。

　　在日語微妙婉轉的表達法中，透露著日本人什麼樣的心理？要如何看待日本這個國家的文化風土？這些都是身為日語教師所抱持的疑問，同時也希望能找到合理的答案。

　　首先為何不互相瞭解彼此的文化呢？我認為在溝通上瞭解彼此

的文化比習得語言的技能更爲重要。

　　但願各位學習者能透過本書熟稔日本的日常生活及留學生活中
所必要的日語應用能力。

　　　　　　　　　　　　　　　　　　　　　　　著者

譯者序

　　在學習日語中，聽、說、讀、寫為四個主要的課題。其中尤以「說」這一項被視為最困難，原因在於沒有說的環境。因此在市面上就出現了許多有關日語會話的書籍。對於提昇日語教育雖有幫助也值得讚許，然而皆以一般的對話為主，並沒有什麼特別之處。因此學習者即使將整本書背起來也不見得能適切的使用。經常會產生不適合場面的表達，因而造成對方的誤解與不愉決。

　　「話說日本人之心　機能別日語會話」這本書有異於一般的會話書，它除了設定各種不同場面之外，並舉出有問題的對話為例，說明為什麼不可以這麼說，而日本人這時候會怎麼說。讓學習者能知道自己錯誤的地方而加以改正。換言之；此教材並非以語言對話為中心編纂的，而是將日本文化融入其中，讓學習者在學習日語的過程中，也能了解日本文化。因為語言是文化的一部分，不了解文化就不能深談。了解彼此的文化才能避免溝通不良所產生的誤解。因此在每章當中皆設有解說「文化與語言」關係的單元，讓學習者能了解其中的妙處。這也是本書有別於其他一般會話書的地方。

　　本書共有十章，將一般生活中可能出現的場面皆蒐集在內，其中尤以「耶！為什麼？」及「重點提示」這兩個單元最為特殊，它消解了日語學習者的疑問，為不可不讀的單元。總而言之；此書改變了以往日語會話書的刻板內容，真正符合學習者所需。但願此書的出版能帶給學習者在學習日語上有突破性的進步。

譯者

2002 年 12 月

陳山龍　謹識

本書之使用法

－有關現代女性的口語體－

目前日語中的男性用語與女性用語有明顯的差異。無論在名詞、動詞、接頭語、接尾語等皆可見，但其最大的差異在於終助詞的「～わ」「～わね」「～わよ」。

現代的年輕女性，特別是國中、高中生以及二十出頭的單身女性，聽她們與友人的談話，可以感覺到她們的談話幾乎與男性沒有什麼不同。而且，男性用語也有了變化。整體而言；應該說日語中男女用語的差別正在消失當中。

但事實上，年長女性的用語以及在正式場合中，即便是年輕女性，其特有的用字遣詞依然存在著。

為使日語會話用例接近自然，本書除安排女學生安小姐的現代女性用語外，還有上班族李先生的太太－良子小姐的女性特有的用字遣詞。

本書純粹為日語會話教材。學習者在日本以外的環境學習日語時，即使學會日本現代年輕女性的用語，那也不等於所說的日語就一定完全適當無誤。

由日語教師的經驗來看，學習者最重要的莫過於在和日本人對話時，不產生誤解及糾紛。特別是在日本以外的地方學習日語的學習者，經常會不考慮場合或對象就使用年輕女性的用語。女性學習

者可能會覺得很八股，但還是希望儘可能學習禮貌得體的用語。此外，男性學習者在與年長女性談話時，也應當注意「～わ」「～わね」「～わよ」等女性特有的用語。

本書並無固定的使用方法，因為各個章節都是獨立的，所以從任何一章開始閱讀都可以，把它當成一般讀物來閱讀。說不定在與日本人對話時所產生的疑問，在裡面就能找到答案。

每章節閱讀完前半部之後，請再一次注意會話例，如此便能了解各章的慣用句用法、「內外之分」、「上下之別」、「男女之別」等用語變化的樂趣。最後再試試課題会話，解答就在該頁的最下方。

各章的最後有「這個時候該怎麼說」的角色扮演練習題。請參考將其做為教室活動的素材。

－「常用表達法」所用的符號－

沒有記號的通常是〈叮嚀體〉、「▽」為對自己同輩或自己晚輩等較熟的人所用的〈普通體〉、「△」為對自己長輩或不認識的人所用的〈鄭重體・敬體〉。

鄭重體、敬語除了終助詞之外，男女雙方都使用，普通體（▽）的口語則分男性用語及女性用語。男性專用語以「♠」來表示、女性專用語則以「♥」表示。沒有記號則不分男女。

因考慮到本書讀者年輕女性較多，故將「Ｎだよ／Ｎだね」等女性用語列為男女兼用，但也有會話教材其列為男性用語。

目　　次

6

第一章　会話の技術編

　コミュニケーションを進める場合、例えば話を切り出すときとか、よく聞き取れなかったときとか、意味がわからなかったときとか、話を終えたいときとか、どう言ったらいいのか困るときがあります。この章では、そんなときに会話をスムーズに進めるための便利な表現を取り上げます。

會話技巧編

　　進行對話時，常有一些不知道如何是好的情況。譬如說；要怎麼開始一個話題、沒聽清楚不了解對方所說的話，或是想要結束這段對話等等。本章將列舉出在那樣的時候能讓你因時制宜的各種表達方法。

1

1 話の切り出し方

❋ 学習者のハラハラ会話 ❋

☆ 休み時間に先生に

アン♥：（¹　　）、お仕事中、すみませんが。

先生♥：あら、陳さん、なあに？

アン♥：実は²⁾あなたにお願いがあるんです。

先生♥：もう忘れちゃったの？ 目上の人に、「あなた」は使って
　　　　はいけないと教えなかった？

♣

休息時間向老師有所請求

　～中：〈前面接動作名詞〉表 正在…

　なあに？：＝「何」，有什麼事呢？

　実は：事實上

　目上：〈對年齡長或地位高的人的總稱〉長輩、上司

♣

耶！為什麼呢？

　　通常在會話中，學生對老師使用「丁寧體」的敬語，而老師則
對學生使用普通體。但是在雙方關係較親密的情況下，敬語卻會造
成距離感。因此，在這種情況下不使用敬語反而自然。上面在安同
學的談話中，有一個表達不足的地方和一個很大的問題，你知道是
哪裡嗎？

1)→あのう　2)→先生

【 重點提示 】 ∾∾∾∾∾∾∾∾∾∾∾∾∾∾∾∾∾∾∾∾∾∾∾∾

　　安同學用「お仕事中、すみませんが」做爲整段會話的開頭，但若能說成「あのう、先生、お仕事中、すみませんが」的話就更好了。簡單的一句「あのう」不但能讓對方得知你有事相求，同時也能讓對方做好心理準備。另外，它也能將自己其實不願意打擾對方的心意表達出來，因此也有讓對方感受到善意的效果。相反地，沒有用「あのう」會讓人有種沒禮貌且唐突的感覺。

對長輩或上司不可直呼「あなた」

　　「あなた」是用來稱呼輩份與自己相當或較低的人，因此對上司或長輩使用此語是非常沒有禮貌的。所以在日語中稱呼人時，常使用職稱，如「運転手さん／店員さん／先生／課長／部長」等。而在本文中的安同學應該說「実は先生にお願いがあるんです」才對。若是第一次見面，則可以不加任何職稱，直接以「あのう、すみませんが」做爲開頭語，等對方回應後再做詢問或請求。

よく使う表現

☆ **家族や同僚など親しい人に**

① ねえ、「リーさん／リー君…」

② ［リーさん／リー君…］、ちょっといいですか

▽ ［リーさん／リー君…］、ちょっといい

▽ ［リーさん／リー君…］、ちょっと

③ ［リーさん／リー君…］、ちょっと時間ありますか

▽ ［リーさん／リー君…］、ちょっと時間ある?

☆ **目上・上司や面識のない人に**

④ あのう、［課長／先生／店長…］、今、お時間よろしいでしょうか。

⑤ あのう、「お仕事中を／お食事中を／お休み中を…」すみませんが、…

△ あのう、「お仕事中を／お食事中を／お休み中を…」申し訳ありませんが、…

⑥ あのう、ちょっとお伺いしますが、…

☆ **お店で店員を呼ぶとき**

⑦ （あのう）お願いします

⑧ （あのう）すみません

⑨ あのう、ちょっと

4

☆ **對家人或同事講話時**

　　①的「ねえ」是屬於對很熟的人使用，所以對象都是家人、朋友或是男女朋友。②③一般是用於同事、朋友或是晚輩。普通都是在對方的姓名後面加上「〜さん」來稱呼，但對男性的晚輩或小孩則也可以用「〜君」。

①喂！「小李」……

②「小李」，現在可以嗎？

③「小李」，現在有空嗎？

☆ **對長輩・上司或不認識的人講話時**

　　以下三個例句是用於對長輩或不認識的人的表達法。

④不好意思！［課長／老師／店長］，請問您現在有空嗎？

⑤不好意思！打擾您［工作／吃飯／休息］

⑥不好意思！想請教您一下，不知道…

☆ **在店裏叫喚店員時**

　　⑦〜⑨則是在店裏買東西或點餐時常用的表達法

⑦不好意思！麻煩一下。

⑧不好意思。

⑨可以過來一下嗎？

☆　ねえ、あなた

良子♥：ねえ、あなた。

リー♠：何？

良子♥：雨が降りそうだから、洗濯物を取り込んでくれない？

リー♠：うん、わかった。

　夫婦間や親子間では丁寧体は使いません。「ねえ、あなた」は妻が夫に使う専用語で、例えば、恋人に「ねえ、あなた」を使うと、聞いている人は夫婦同然の関係だと誤解することになります。最近の若い夫婦は、名前で呼び合うことが多いですね。

嗯！老公…

　　夫妻間或親子間是不使用「丁寧體」的。「ねえ、あなた」是老婆叫老公的專用語。所以要是有女生用「ねえ、あなた」叫自己的男朋友的話，很容易被誤以為他們倆是夫妻關係。不過最近也有不少年輕夫妻直接叫彼此的名字。

ねえ、あなた：嗯！老公

〜そうだ：〈Ｖ〔ます〕＋そうだ〉看起來好像要〜

洗濯物：洗好或準備洗的衣物

〜を取り込む：把…拿進來

〜てくれない？：請幫我〜

☆ 会社で課長に呼びとめられて

課長♠：リー君、ちょっと。

リー♠：はい、何でしょうか。

課長♠：これを人事課まで届けてくれないか。

リー♠：はい、わかりました。

　男の上司は部下に対しては通常は口語普通体で、部下から上司には敬語混じりの丁寧体が使われます。「何ですか」より「何でしょうか」の方が丁寧さが増すので、目上の人や上司に対しては「～でしょうか」を使いましょう。

　なお、業務上の指示のときには「あのう」は使われません。

在公司被課長叫住時

　　男性上司對下屬通常使用口語普通體，相對的，下屬對上司則使用較禮貌的「丁寧體」。「何でしょうか」比「何ですか」更有禮貌，所以面對上司或是長輩時，要記得用「何でしょうか」。除此之外，在業務上與客戶交談時不可使用「あのう」。

　　～を呼び止める：叫住～

　　～に～を届ける：把～送到～

　　人事課：人事課

☆ 道を尋ねる

アン♥：あのう、ちょっとお伺いしたいのですが。

通行人：はい、何でしょうか。

アン♥：すみませんが、杉並区役所にはどう行ったらいいでしょうか。

通行人：ああ、杉並区役所ですね。それは……

　知らない人に対しては、相手が子供でなければ、敬語混じりの丁寧体を使います。「～たらいいですか」より、「～たらいいでしょうか」の方が丁寧ですから、知らない人に何かを尋ねるときは丁寧な表現を使いましょう。

問路

　　對方只要不是小孩，對陌生人都要使用敬語「丁寧體」。「～たらいいでしょうか」比「～たらいいですか」更有禮貌，所以要向陌生人尋問事情時，記得要有禮貌。

　　～を伺う：＝聞く，「問」的敬體

　　区役所：區公所

　　～たらいいですか：怎麼～比較好？

　　ああ：喔……（在此表會意）

8

☆　レストランで注文する

良子♥：すみません。メニューを見せてください。

店員♥：はい、こちらです。では、お決まりになったらお呼びく
　　　　ださい。

　　　　……（しばらくして）……

良子♥：あのう、お願いします。

店員♥：はい、ご注文はお決まりですか。

　良子さんは客ですから、「メニューを見せて-ください／もらえ
ますか」が普通です。一方、店員はお客には最上級の敬語で対
応しています。

餐廳點餐

　　在上面的對話中，良子小姐是客人，她使用的「メニューを見
せて－ください／もらえますか」是一般的用法。而店員對客人則
需以最高的敬語來應對。

　　レストラン：餐廳（通常指西餐廳）

　　メニュー：菜單

　　（ご）注文：點菜

　　お~になる：敬體的表現法〈お＋Ｖ（ます形）＋になる〉

　　お~ください：敬體的表現法〈お＋Ｖ（ます形）＋ください〉

課題会話

〈課題1〉大家さんに頼みごとをする

A　　　：¹⁾_____、大家さん、すみません。

大家♥：何ですか。

A　　　：ちょっとおねがいが²⁾（あります／あるんです）が、……

大家♥：どうかしたの？

A　　　：申し訳ありません。今月は家賃の支払いが少し³⁾（遅れます／遅れるんです）が、……

　アパートの大家さんに、家賃を払うのが遅れると説明する場面です。前置きや、事情を説明するときには「〜んです」が使われます。

向房東拜託事情

　　上面是房客向房東説明遲交房租的對話。一般進入主題前或在説明事情時會使用「〜んです」。

　大家：房東

　家賃の支払い：繳交房租

　〜が遅れる：遅、慢〜

〈課題1〉解答

1)→あのう　2)→あるんです　3)→遅れるんです

〈課題2〉会議中の部長を呼びに行く

A ：会議中を（またはに）¹⁾_____。

部長♠：何か？

A ：部長に²⁾（お／ご）電話がかかって³⁾（います／おります）。

部長♠：あ、そう。すぐ行く。

　会議中の部長に、電話がかかってきたことを知らせに行った場面です。会社でのフォーマル会話ですから、敬語を使いましょう。「すみません」と「～ている」の丁寧な言い方は何でしたか？

去請開會中的部長

　場面設定為要請正在開會中的部長接聽電話。公司為正式場所，所以要使用敬語。你知道「すみません」和「～ている」的謙讓說法是什麼嗎？

　～を呼ぶ：請～、叫～

　会議中：正在開會

　電話がかかる：有電話來

〈課題2〉解答

1)→申し訳ございません　2)→お　3)→おります

11

2 相づちの打ち方

❋ 学習者のハラハラ会話 ❋

☆ 課長に呼ばれて

課長♠：リー君、ちょっと。

リー♠：1)ええ、何でしょうか。

課長♠：部長からの電話で、至急、君に話があるとのことだ。

リー♠：2)そうですね。

課長♠：すぐ行った方がいいよ。

リー♠：3)そうですか。

♣

被課長傳喚

至急：非常緊急

～とのことだ：某人說…（常用於傳達電話中對方的話或請求）

～方がいい：〈V（た形）＋方がいい〉～比較好

♣

耶！為什麼呢？

　　小李在課長叫他時以「ええ」來回應，其實是不對的。許多日語學習者也和小李一樣，在會話中對「はい」、「ええ」或是「そうですね」與「そうですか」的使用常混淆不清。

1)→はい：はい是比較正式的回應，而ええ則用於較親密的朋友或家人。

2)→そうですか：最後か的音調上揚或下降會有不同的意義。上揚表示「是嗎？」，下降則表示瞭解。

3)→そうですか：在此是表示同意課長的建議，趕快去找部長。

【 重點提示 】 ⌇⌇⌇⌇⌇⌇⌇⌇⌇⌇⌇⌇⌇⌇⌇⌇⌇⌇⌇⌇⌇⌇⌇⌇

「はい」和「ええ」有何不同？

　　當被叫到名字或有人叫你時，應該用「はい」來做回應，而不可以用「ええ」。「ええ」是表同意某件事或對人家的請求表承諾的回應，僅可使用於關係親密友人的對話中，如對上司或客人使用則會失禮。

　　お客：ビールもう一本ちょうだい。

　　店員：×　ええ、わかりました。

　　　　　○　はい、わかりました。

「そうですか」和「そうですね」有何不同？

　　「そうですか」如將語尾音下降，則表示被告知新資訊或得知消息且瞭解時所使用之回應。而將語尾音上揚則表示對事情有所質疑。若再配合斜著頭說話，則表示質疑或失望的感覺。「そうですか」會依音調不同而改變其意思，所以一定要弄清楚。

　　廣義地說「そうですね」是表示同意或同感。所以當自己覺得對某事也認為理應如此時，就要用「そうですね」。由此可見，在小李和課長的對話中，小李把「そうですか」和「そうですね」用相反了。

よく使う表現

☆　同意・同感の気持ちを表す

①　はい／ええ

　　▽うん

　　▽ふん／ふんふん

②　そう-ですね／でしょうね

　　▽そう-ね／だね

　　▽そう-だろうね

③　そう-ですか／なんですか／だったんですか

　　▽そう

　　▽そう-なの／なんだ／だったの

④　それで／それから

◉セールスの極意は「相づち上手」◉

　成績抜群の保険のセールスマンがいました。その友人の話では、セールスの極意は聞き上手になることとか。玄関口で相手の心配事やあれこれを何時間も聞き続け、そして相手が「上に上がってお茶でも飲んで」と心を開いてくれたら、もうセールスは成功だそうです。

　中国や欧米の方は相手が話中は黙って聞いていることが多く、日本人ほど相づちを打ちません。ところが日本人は相手が相づちを打ってくれないと、聞いてくれているのかどうか不安になり、話が進まなくなったりするのです。そんな日本人の気持ちを聞き出すには相づち上手でなければならないわけです。ですから、セールスの極意は「相づちにあり」とも言えるわけですね。

14

☆ 表同意或有同感

「はい」使用於較正式的會話中，而「ええ」則用於關係較親密的人。另外，「うん」「ふん／ふんふん」則用於輩份比自己低或是特別親密的人。關於②「そうですね」和「そうですか」在重點提示已有介紹。此外還有「えっ、本当？」「嘘だろ／嘘でしょ」、「ウッソー／マジ？」等年輕人的用語。

還有④則是催促對方說話所使用的表達方式，目的是希望對方繼續說下法。

①是

②就是嘛！

③原來如此

④然後呢？

◉ 推銷員的成功秘笈在於「適切地回應他人的談話」◉

有位業績超群的保險推銷員。他曾告訴我說：推銷員的最高境界就是讓客人能夠撤除心防，安心地與你聊天並且將你說的話聽進去。在拜訪客戶時，站在門口聽客人東拉西扯地抱怨或是訴苦，常常一站就是幾個小時。但是只要對方肯打開心防，問你一聲『要不要進來喝杯茶？』時，生意可說是談成了。

中國或是歐美的人大都習慣靜靜地聽人說話，不像日本人不停地給與回應。但是日本人在說話時只要沒聽到對方的回應，往往會擔心對方有沒有在聽他說話，或話題能否繼續下去等等。所以要察覺日本人的想法或心情，一定得適當地給與回應才行。換句話說，推銷的絕招就是懂得如何去聽客人講話。

☆　夫婦の会話での相づち

良子♥：今日、生協に買い物に行ったんだけど。

リー♠：うん、それで。

良子♥：キャベツがなんと一つ五百円もしてるのよ。

リー♠：へえ、そんなに。

良子♥：ええ、思わず目を疑っちゃったわ。

リー♠：ふう～ん、で、買ったの?

良子♥：ううん、とても手が出なかったわよ。

　夫婦のような親密な関係では「ふん」とか「へえ」の相づちが多く使われます。この会話例のように日本人は相手の話に何度も相づちを入れながら、会話を双方で作り上げていくのです。

夫妻間的應答

　　像夫妻般親密關係的話，對話時就常會用「ふん」或「へえ」來做回應。就像這對夫妻的對話一樣，日本人會反覆地回應對方，繼續他們的對話。

　生協：（「生活協同組合」的簡稱）學生合作社

　うん：嗯

　なんと：居然

　思わず：沒想到

　目を疑う：不敢相信

　～ちゃった：「～てしまった」的口語形

　ふう～ん：喔

　手が出ない：買不下手

16

☆ 若者の電話での相づち

級友♠：あのさ、ちょっとお願いがあるんだ。

アン♥：うん、何？

級友♠：実は先月、父が病気で入院したんだけど、手術後の容
体が思わしくないんだ。

アン♥：え、そうなの。それは心配だね。

級友♠：うん、それで明日からしばらく大阪に帰ろうかと思って
るんだけど、ちょっとお金が足りなくて……。

アン♥：ふう～ん。それで、いくらあればいいの？

「お金を貸してほしい」と言いたいのですが、「～んだけど、
お金が足りなくて……」のように事情を言って、間接的に相手に
察してもらう話し方をよくします。

朋友間電話的應答

雖然想直接開口說「お金を貸してほしい」，但以「～んだけ
ど、お金が足りなくて……」來說明情形，間接讓對方瞭解的說
法，也是常見的方式。

あのさ：發語詞
実は：其實、事實上
手術後の容体：手術後的狀況
思わしくない：不被看好
え、そうなの：喔！是嗎？
～が足りない：～不夠

☆ 仕事の打ち合わせと相づち

部長♠：新製品の件だけど。

課長♠：はい。

部長♠：実は、販売を急ごうと思っているんだ。他社と競合する可能性もあるからね。

課長♠：そうですね。

部長♠：それで、なんとか来週に店頭に出せるように、準備を間に合わせてもらえないかな？

課長♠：はい、承知しました。では早速、その準備に取りかかります。

部長♠：うん、頼むよ。先手必勝だからね。

◉「行ってらっしゃい」と「お帰りなさい」◉

一般に日本人ー特に男性ーは、欧米の方のように夫婦間で毎朝毎晩「愛しているよ」とは恥ずかしくて言えません。しかし、日本の夫婦はこの「行って来ます」「行ってらっしゃい」、「ただいま」「お帰りなさい」という言葉で愛情を伝えあっているのです。

さて、この「行ってらっしゃい」「お帰りなさい」は家族の中で使うのが普通なのですが、旅立つ友人を見送ったりするときも、同僚が仕事に出かけるときも親しみを込めて使われることがあります。

忘れられない思い出があります。それは私が高校三年生の頃、受験に行く私を「行ってらっしゃい」と言って送ってくれた教師のことです。「何があっても、元気な顔を見せてね」、そんな思いが胸に伝わってきました。そして試験が良くできなくて落ち込んで帰ったとき、また言ってくれたのが「お帰りなさい」でした。この言葉には翻訳では伝えにくい暖かさと愛情が込められているのです。

会社での応答ですから、部下（課長）は上司（部長）に対して
「ええ」ではなく「はい」と相づちを打ちます。

工作協商與應答

　　因為是在公司裡，所以部屬對上司的應答不可用「ええ」，一
定要用「はい」才可以。

打ち合わせ：協商	件：有關於～的事情
～を急ぐ：急著～	～と競合する：與～相互競爭
なんとか：盡量	早速：馬上
準備に取りかかる：著手準備	先手必勝：先做先贏

◉「行ってらっしゃい」和「お帰りなさい」◉

　　一般日本人－特別是男性－，不會像歐美的夫妻一樣，把「我愛你」
掛在嘴邊。因為他們會覺得很不好意思，而說不出口。但是日本夫妻間卻
用「行って来ます」「行ってらっしゃい」、「ただいま」「お帰りなさ
い」來表達他們之間的感情。

　　「行ってらっしゃい」「お帰りなさい」在家人中使用頻繁。為出遠
門的朋友送行或同事要出差時，這兩句話也能夠將其親切的心意表現出來。

　　對此我有個難以忘懷的回憶，我高三要去參加考試時，老師對我說了
一句「行ってらっしゃい」，這句話就像一股暖流般地流進我心裡。它似
乎在告訴我「不管結果如何，都要以朝氣蓬勃的態度去面對。」考試的結
果並不理想，我帶著失落的心情回到家，迎接我的則是一句「お帰りなさ
い」。這句話當中充滿著無法用言語傳達的情感及溫情。

課題会話

〈課題1〉歓迎会の相談

同僚♥: 新入社員の歓迎会のことだけど。

A ♠: 1)＿＿＿、何？

同僚♥: 今週の土曜日はどう？

A ♠: 2)＿＿＿、それでいいよ。それで、場所はどこにする？

同僚♥: ○○飯店はどう？

A ♠: う～ん、でも、あそこは少し高くない 3) (かなぁ／かしら)。

　親しい同僚間の会話では「はい」は使われません。なお、「～かしら」は女性語です。「～かなぁ」は男性語とされていましたが、今日では男女兼用となっています。

商討歡迎會

　和私交不錯的同事對話是不會使用「はい」的。上面會話中的「～かしら」是女性用語。「～かなぁ」雖說屬於男性用語，但現在已經是男女通用了。

　新入社員：新進員工
　歓迎会：歡迎會
　～でいい：～不錯，表同意。
　（値段が）高い：（價錢）貴

〈課題1〉解答

1)→うん　2)→うん　3)→かなぁ

〈課題2〉上司からの指示

課長♥: たった今、部長から大至急、この商品の販売計画を練ってほしいと言われてね。

A ♠: 1) (そうですね／そうですか) 。

課長♥: それで、君を中心にアイディアをまとめてほしいんだが、やってもらえないか。

A ♠: 2)＿＿＿＿、承知しました。すぐ取りかかります。

課長♥: 女性の意見も聞いた方がいいよ。

A ♠: 3) (そうですね／そうですか) 。そうします。

「そうですね」と「そうですか」を使い分けてください。

上司的指示

請釐清「そうですね」和「そうですか」的用法。

大至急：非常緊急

商品：商品

販売計画：行銷計劃

～を練る：斟酌～

～を中心に：以……爲中心

アイディア：想法、主意

～をまとめる：整合～

承知しました：遵命

～に取りかかる：著手～

〈課題2〉解答

1)→そうですか　2)→はい　3)→そうですね

3　聞き返し方

❋ 学習者のハラハラ会話 ❋

☆　相手の言葉が聞き取れなくて

リー♠:　すみませんが、近くに公衆トイレはないでしょうか。

通行人:　トイレだったら、○△×□、○△×□。

リー♠:　あのう、¹⁾（　　　　　）。²⁾今、何とおっしゃったんですか。

通行人:　公園のなかにあると言ったんですが。

♣

沒聽清楚對方的話

近く：附近

～を聞き取る：聽懂、了解～

公衆トイレ：公共廁所

耶！為什麼呢？

這個場面是設定爲小李問路人公共廁所在哪裡？而小李卻沒聽清楚對方所說的話。在這樣的情況下若小李問對方「今、何とおっしゃったんですか」，則是非常沒有禮貌的。

1)→すみません　2)→よく聞き取れなかったんですが……

【 重點提示 】 ∞∞∞∞∞∞∞∞∞∞∞∞∞∞∞∞∞∞∞∞∞∞∞

「あのう、すみません」

　　「すみません」不單是道歉，也常用在會帶給別人為難的請求。可別小看「あのう、すみません」這一句話，要是沒有這一句話，很難表達出對於提出請求時的愧疚感。

「今、何と言ったんですか？」

　　在課堂上或在會議中，漏聽了重要的內容時，若是用「今何と言ったんですか」來詢問，則會大大失禮。假設在課堂上突然被老師叫到，而你用下面的例句回答的話，老師鐵定會生氣的。

　　先生：じゃ、リー君、10 ページの最初から読んでください。
　　リー：は、はい。今、何とおっしゃったんですか。

　　所以當發生與上面會話情況相同，因向別人詢問而帶給人家困擾時，就要用「あのう、すみません。よく聞き取れなかったんですが……」來道歉並說明緣由，之後再用「もう一度、言っていただけませんか」來請求對方再說一次，這樣才有禮貌。

よく使う表現

☆ 言葉が聞き取れなかったとき

① あのう、すみません。〔言葉が早くて／言葉が難しくて／電話が遠くて……〕よくわからないんですが、もう少し〔ゆっくり／やさしい言葉で／大きい声で……〕話していただけませんか?

② あのう、すみません。よく聞き取れなかったんですが……

③ 今、何と-言ったんですか?

▽今、何て-? ／言った? ／言ったの? ／言ったんだ (い) ?

△今、何と-おっしゃったんですか?

☆ 言葉の一部しか聞き取れなかったとき

④ 「あ???」-何ですか／何と言いましたか

▽「あ???」-何? ／何て言った? ／何て言ったの? ／何て言ったんだ (い) ?

△「あ???」-何でしょうか／何とおっしゃいましたか

⑤ 何の～ですか／～の何ですか

▽何の～? ／～の何?

24

☆　請求對方再說一次

　　沒聽清楚別人的話時，①②是要請對方再說一次的常用說法。③則屬於直接了當的問法，所以對象要是上司或老闆，最好還是用「あのう、今何とおっしゃいましたか」比較好。

①不好意思，〔講得太快／聽不太懂／聽不清楚〕，可不可以講〔慢一點／簡單一點／大聲一點〕？
②不好意思，聽不太清楚耶！
③剛才你說什麼？

☆　請求對方再重覆一次沒聽清楚的部份

④是假設對方說「あした」，而你卻只聽到「あ」時的問法。
⑤是只聽到一部份內容時所用的表達。例如：對方說：「あしたの午後二時」，而你只聽到「あした」卻沒聽到時間時，你就可以用「えっ？明日の何時ですか」來詢問。

　　除了「何」之外，在沒聽清楚的地方加上どこ・いつ・だれ等疑問詞也可以達到再請對方說一次的效果喔！例如：「えっ？どこの田中さんですか」「えっ？東京の誰ですか」

④剛才你說「あ」什麼？
⑤～的什麼呀？

☆　**言葉の意味がわからないとき**

①　〜って（⇔というのは）-何ですか

▽〜って-何？／何なの？／何だ（い）？

△〜って（⇔というのは）-何でしょうか

②　〜って（⇔というのは）-どういう意味ですか

▽〜って-どういう意味？／どういう意味なの？／どういう意味なんだ（い）？

△〜って-どういう意味でしょうか

③　〜って（⇔というのは）-どういう〜ですか

▽〜って-どういう〜？／どういう〜なの／どういう〜なんだ（い）？

△〜って（⇔というのは）-どういう〜でしょうか

☆　**だいたいの意味がわかったとき**

④　〜って（⇔というのは）-〜（の）ことですか？

▽〜って-〜（の）こと？／（の）ことかい？

△〜って-〜（の）ことでしょうか？

⑤　〜って（⇔というのは）-例えば〜（の）ことですか？

▽〜って-例えば〜（の）こと？／例えば〜（の）ことかい？

△〜って（⇔というのは）-例えば〜（の）ことでしょうか？

☆ 請求對方加以說明時

①②是請求對方加以說明或換個方式來解釋時的用法。③是對主要內容及屬性不瞭解時的說法。例如：「～って、どういう（人・物…）ですか」。在此所用的「～って」是爲了方便而轉化而成的口語用法，其意義則相當於「～と／～という／～というのは」。在正式場合中或對象是上司、老闆時，還是用「～という（こと・意味）ですか／～というのは～ですか」比較妥當。

①剛說的～是什麼呀？
②（剛才說的）～是什麼意思？
③（剛才說的）～是什麼～？

☆ 確認對方的意思

④⑤是用在推測及確認說話者大概的意思，不同的是，④爲換成自己的話或用其他的話來確認時使用。而⑤則是舉出具體例子，確認正確與否時的說法。所以④⑤都是以「（N）のことですか／（句）ということですか」的形態來呈現。

④剛說的～是～的意思，對嗎？
⑤所謂的～就像是～，對吧。

応用会話例

☆　あのう、電話が遠いんですが

先輩♠：明日……時に、新宿駅の○△×□。

リー♠：電話が遠いんですが。明日の何時ですか。もう少し大き
　　　　い声で話していただけませんか。

先輩♠：……　(大きい声で)　……
　　　　明日の10時に新宿駅の東口にある紀伊国屋の前で会お
　　　　うって言ったんだよ。

リー♠：えっ？「き？？？」、何ですか。

先輩♠：「き・の・く・に・や」、わかった？

リー♠：わかりました。紀伊国屋の前で10時ですね。

先輩♠：うん。じゃ、時間に遅れるなよ。

「電話が遠いんですが」は、相手の声が小さくてよく聞こえな
いときの常套表現です。

不好意思，我聽不清楚…

　　當電話中對方的聲音太小聽不清楚時，常用「電話が遠いんで
すが」來表達。

電話が遠い：電話聽不清楚

紀伊国屋：書店名

～って言う：相同於「～という」

28

☆ 「タメ口」ってどういう意味?

先輩♠: 今度入ったあいつ、俺にタメ口をきいたりして、生意気な野郎だ。

リー♠: あのう、「ため口」ってどういう意味ですか?

先輩♠: 対等なものの言い方をすることだよ。

リー♠: 例えばそれはどんな言い方のことですか?

先輩♠: 「あんた、どこの課?」なんて聞いてきたんだよ。先輩に「あんた」はないだろう。

「タメ口」が具体的にはどんな言葉なのかわりません。そこで例を挙げて説明してほしいのですが、そんな時によく使われるのが、「例えば、それはどんな~ですか」です。

不知道「タメ口」是什麼意思

　　不知道「タメ口」具體上到底是怎樣的言語。因而需要別人舉例說明時，最常用的問法是「例えば、それはどんな~ですか」。

あいつ：那傢伙

タメ口をきく：對平輩般的語氣

生意気（な）：跩

野郎：傢伙，但僅指男性

対等（な／の）：同等地位

ものの言い方：說話的方法

例えば：譬如

あんた：你，但用於平輩或晚輩

29

☆　絶食って？

医者　：　来週、胃の検査をしますから、前日から絶食してくださ
　　　　い。当日は水も飲まないでくださいね。

アン♥：　あのう、絶食って、「何も食べてはいけない」というこ
　　　　とでしょうか。

医者　：　はい、そうです。食事だけじゃなくて、おやつも食べて
　　　　はいけませんよ。

　アンさんは「絶食」の意味はわかったのですが、自分の言葉で
置き換えて確認しています。「～ということでしょうか」の方が
「～ってことでしょうか」より丁寧な言い方になります。

「絶食」是不是⋯⋯的意思

　安同學知道「絶食」的意思，但她用自己的話再行確認。「～
ということでしょうか」是比「～ってことでしょうか」來得有禮
貌的問法。

　胃の検査：檢查胃部

　前日：前一天

　当日：當天

　絶食（する）：禁食

　おやつ：點心、零食

30

営業部の会議で

課長♠: え～、……というわけで、えー、……
……（長い話が続く）……

部長♠: 君の言いたいことは、要するに何だい？
今回の企画には反対だということなのかい？

課長♠: 反対というわけではありません。もっと慎重に検討したらどうかと……。

部長♠: 君の言い方は回りくどくていかんよ。結論をはっきり言いたまえ。

　長い話を聞かされましたが、何が言いたいのかよくわかりません。そんなとき、「要するに／つまり～ということですか」はよく使われる表現です。なお、「～だい」「～かい」は男言葉で、文中に疑問詞が含まれる疑問文のときは「～だい」、疑問詞を含まないときは「～かい」が基本的な使い分けです。

在營業部會議中

　　當有人囉哩囉嗦地說一大堆，卻又不清楚他究竟想說什麼。這時「要するに／つまり～ということですか」是很常用的表達法。而上面的對話中的「～だい」「～かい」屬於男性用語。基本用法是句中有疑問詞時用「～だい」，而沒有時用「～かい」。

　～というわけで：由於～的原因　要するに：總之
　～（の）かい：與「か」相同　　～わけではない：並不是～
慎重に検討する：慎重地檢討　　回りくどい：繞圈子、不直截了當
　～ていかん：（「～ていけない」的口語形・男）不可以……
　～たまえ：（「～なさい」的口語形・男）要……

課題会話

〈課題1〉会社主催のパーティー会場で

同僚♥：ほら、あそこにいらっしゃる方が、社長のお嬢さん[1](ね/よ)。

Ａ♠：えっ?[2]＿＿＿＿＿＿のお嬢さん?

同僚♥：社長のお嬢さん。

Ａ♠：へえ～、社長に似ず、美人[3](ね／だね)。

同僚♥：しぃ～っ、他の人に聞こえる。「壁に耳あり、障子に目あり」[4](よ／だよ)。

「～だよ／～だね」は男言葉、「～よ／～ね」は女言葉とされていましたが、最近の若い女性は友だちとの会話では「～だよ／～だね」も使います。しかし、ここでは男言葉と女言葉を使い分けてください。

在公司主辦的宴會會場中

一般來說「～だよ／～だね」是男性用語，而「～よ／～ね」是女性用語。但最近有蠻多年輕女性在跟朋友說話時也用「～だよ／～だね」。可是在這裡還是要把男性用語跟女性用語區分開使用。

いらっしゃる：いる的尊敬體　　　お嬢さん：千金

へえ～：表驚訝的語助詞

～に-似る：（→に似ない＝～に似ず）像～

しぃ～っ：噓～

壁に耳あり、障子に目あり：隔牆有耳，小心爲上

〈課題1〉解答

1)→よ　2)→誰の　3)→だね　4)→よ

〈課題2〉援助交際って？？

A　：今テレビで言ってたんですけど、「援助交際」[1]＿＿＿＿＿
　　　意味ですか。

先輩♥：中高生の少女がおじさま族とつきあって、金銭的援助を
　　　してもらうから、「援助交際」って言うみたいよ。

A　：それって、つまり売春[2]＿＿＿＿＿ですか。

先輩♥：平たく言えば、そういうことね。

___

「援助交際」の意味が分からなくて、先輩に尋ねた場面です。
「～って」はフレンドリーな会話では先輩に使ってもかまいません。

什麼是援助交際？

　　以上的對話是設定爲不知何謂「援助交際」，而向前輩請教的
場面。「～って」在一般較親切的會話中對前輩使用是沒有什麼大
礙的。

　　援助交際：援助交際
　　中高生の少女：國高中女生
　　おじさま族：中老年族
　　～とつきあう：跟……交往
　　金銭的援助：金錢上援助
　　～みたいだ：就像是～
　　つまり：也就是
　　平たく言えば：簡單地說

___

〈課題2〉解答
1)→って（⇔というのは）どういう　2)→のこと

4 確認の仕方

✳ 学習者のハラハラ会話 ✳

☆ お冷やちょうだい

お客 ♥：お冷やちょうだい。

店員 ♥：¹⁾<u>お冷やですか。</u>

お客 ♥：……（怒った表情で）……

　　　　そう、お冷やよ。サービスじゃないの?

店員 ♥：²⁾<u>あのう、「お冷や」って何てすか。</u>

お客 ♥：何を言ってんの、水のことじゃない。

♣

請給我一杯冷開水

　お冷や：冷開水

　〜ちょうだい：請給我〜

　サービス：爲 service，在此指免費的

　何を言ってんの：說什麼?

♣

耶！爲什麼呢?

　　這是客人與店員在餐廳中的對話。服務生聽到客人點餐，然後問「お冷やですか?」做確認，但卻成爲麻煩的開端。

1)→お冷やですね

2)→あのう、私は〇〇人でまだ日本語がよくわかりません。すみませんが、お冷やって何でしょうか

【 重點提示 】 ∽∘x∘∽∘x∘∽∘x∘∽∘x∘∽∘x∘∽∘x∘∽∘x∘∽

用「～ですか」做確認時要特別留意

　　外國人工讀生原本只是想要做確認，而說了一句「あのう、お冷やですか」沒想到客人卻馬上翻臉。這裡的「～ですか」要特別注意它的音調，語尾上揚表示疑問，而語尾下降才表示確認，不要搞錯。

　　　　お冷や　です　か（疑問）　お冷や　ですか（確認）

　　但是「～ですか」也常在有點不確定時使用，依據狀況的不同有時也表達失望或懷疑的感覺。因此，特別是在接受別人點餐或商用會話時，儘量不要使用「～ですか」這個句型比較好。

服務業與顧客之應對禮儀

　　因為服務生不懂什麼叫「お冷や」，所以才問「あのう、お冷やって何ですか？」。但站在客人的立場，認爲店員應該知道才是，所以才因店員的反問而有些生氣。在這種情況最好的應對方式就是回答「はい、わかりました」，然後再去問店長或同事。要不然以「あのう、私は○○人で日本語がまだよくわかりません。すみませんが、お冷やって何でしょうか」來說明自己的情況後再問，如此給客人的印象就會好些。

よく使う表現

☆　同調を求める形で確認する

① 　〜ですね

　　▽〜ね／〜だね

② 　〜んですね

　　▽〜んだね／〜のね

③ 　〜って（⇔という）-ことですね

　　▽〜って-ことね／ことだね

④ 　〜って（⇔という）-〜（の）ことですね

　　▽〜って-〜（の）ことね／（の）ことだね

☆　聞き直して確認する

⑤ 　〜ですか

　　▽〜？／〜か

⑥ 　〜んですか

　　▽〜の？／〜のか

⑦ 　〜って（⇔という）-ことですか

　　▽〜って-こと？／ことか（い）

⑧ 　〜って（⇔というと）-〜（の）ことですか

　　▽〜って-（の）こと？／（の）ことか（い）？

36

☆　ね

　　①②③句型是將自己聽到的話直接覆頌來做確認，而④則是將聽到的事具體舉例或用自己的話來做確認。把句末「～ね」的音調微微提高。

①是～

②就是～

③事情是～的

④你說的是～

☆　　か

　　像⑤～⑧一樣，用問句的方式也能夠達到確認的效果。它多半用在不太確定自己所聽到的內容是否正確，或有疑問的情形。

⑤是～的嗎？

⑥就是～的嗎？

⑦事情是～的嗎？

⑧你說的是～嗎？

☆ 郵便局で

アン♥：この手紙、急いでいるんですが、明日中に着きますか。

局員♠：速達で出せば着きますが、普通だと、早くても二日はか
かります。

アン♥：速達なら明日には着くんですね。

局員♠：はい、大丈夫です。

アン♥：じゃ、速達でお願いします。

この場面で確認の「明日には着くんですか」と使うと、「ほん
とうに大丈夫ですか」と念を押す印象になります。

郵局

在這樣的情況下「明日には着くんですか」就具備有「ほんと
うに大丈夫ですか」向對方確認的概念在內。

速達：限時、快遞　　　　普通（郵便）：一般郵件

◉女言葉を避ける若い女性たち◉

「～わ／～わよ／～わね」は代表的な女言葉なのですが、今では少し年
輩の女性が使う言葉になっています。むしろ、最近の若い女性はこれらを使
うことに心理的に抵抗を感じることが多いようです。

これらは女性の社会参加と自立が進むにつれて、「男は男らしく、女は女
らしく」という価値観が変化していきつつあり、それが言葉にも反映さ
れていると考えた方がいいでしょう。ですから、話し言葉の中の男女の区
別は次第につきにくくなっています。これを言葉の乱れと見るか、必然と
見るか、意見が分かれるところです。

この本では、若い女性読者の方が多いことを考え、「Nだよ／Nだね」
など含めて実際に女性が使っている言葉は男女兼用としていますが、男
言葉と記載されている本もあることでしょう。

☆　待ち合わせ

良子♥：じゃ、明日、2時に渋谷のハチ公前で待ってるわ。

アン♥：2時にハチ公前ですね。わかりました。

良子♥：そうそう、その時にいつか頼んでいた英語会話の本も
　　　　持ってきてくれない？

アン♥：それって「実用英語会話」のことですか。

良子♥：うん、そう。じゃ、お願いね。

　　「それって～ですか」は「英語の会話の本」が何か、不確かだっ
たので「～ですか」を使って確認しています。

與朋友有約

　　在此安同學用「それって～ですか」的句型來確認良子所指的
「英語の会話の本」是哪一本。因爲不太確定良子講的是不是這
本，所以用「～ですか」。

　　渋谷のハチ公：JR 渋谷車站前的一座忠狗雕像。一般被暱稱爲
　　　　　　　　　「ハチ公」，爲著名的地標。

　　そうそう：發語詞，表突然想起某件事。

　　～に～を頼む：「頼む」指請託、拜託。「～を頼む」指拜託人
　　　　　　　　　借～給自己。

◉ **遠離女性用語的年輕女孩們** ◉

　　「～わ／～わよ／～わね」是女性代表性用語，但時至今日，這些已
變成上了年紀的婦女才使用的語詞。不少現在的年輕女性對於使用這些語
詞抱持著抗拒的心態。

　　隨著女性進入社會進而自立，「男人要像男人，女人要像女人」這樣
的價值觀不斷地在改變中，而這變化也反映在人們的遣詞用字上。因此，
口語中男女用語的差別也漸漸地難以分辨。將此種情況視爲亂象或情勢所
趨，意見分岐。

　　本書以年輕女性讀者爲多數做爲考量，因此我們將「Ｎだよ／Ｎだね」
這類女性用語規範爲男女通用，但也有把它規範爲男性用語的書。

☆　取引先への電話

リー♠：もしもし、そちら〇〇商事でしょうか。

取引先：はい、そうですが。

リー♠：私、△△企画のリーと申しますが、営業部の白石部長はいらっしゃいますか。

取引先：営業の白石ですね。

リー♠：はい。

取引先：少々お待ちください。

　　　　……（しばらくして）……

　　　　誠に申し訳ありませんが、白石は、ただ今、外出しております。

リー♠：何時頃にお戻りになるか、わかりませんか。

取引先：昼前には戻ると思いますが。

リー♠：昼前ですね。

取引先：はい、その予定です。

リー♠：では、そのころ、もう一度お電話します。白石部長には、リーから電話があったとお伝えください。

取引先：はい、承知いたしました。

◉「謎の微笑」と目で送るサイン◉

　葬式の日、夫を亡くした妻が黒い喪服を着て、微笑を浮かべて弔問客と応対しているのを見た外国の方が、「日本人は悲しくないんだろうか」と不審がったという話を聞いたことがあります。これは日本人の「謎の微笑」の一例ですが、日本人は悲しみや怒りを耐えたり、あきらめたりしたときにも微笑を浮かべます。

　外国の方にはどちらかというと無表情な日本人の心の中を知るのは難しいようですが、日本人は言葉で表しきれない心の世界を目やしぐさで表しているのです。「目は口ほどに物を言う」と言いますが、この婦人の目を見れば、きっと悲しみにあふれていたことでしょう。

電話というのは顔が見えないので、何度も確認しながら話を進めることが多くなります。電話をかけるときの「もしもし、そちらは〈会社名〉でしょうか」は確認の代表的なものですが、不確かさがあるので「～でしょうか」となります。

打電話給客戶

因爲在電話裡看不到對方的臉，所以日本人常常不停地邊做確認邊繼續他們的談話。打電話時「もしもし、そちらは〈会社名〉でしょうか」是做確認的代表句型。因爲有不確定的因素存在，所以用「～でしょうか」來說。

取引先：客戶
～と申します：「申す」爲言う之謙讓體。在以上對話中指敝姓～

営業部：營業部	外出（する）：出外洽公
予定：預定：預計	昼前：近午時分
承知する：知道、明白	

◉「謎樣般的微笑」以及用眼神傳遞的信息◉

　　曾聽過這樣的事，在丈夫的喪禮當日，妻子穿著黑色的喪服，嘴角泛著微笑與前來憑弔的客人應對，而見到此景象的外國人卻感到疑惑，「難道日本人都不會傷心嗎？」，這就是日本人謎樣般微笑的例子。而日本人在隱忍悲傷或生氣亦或感到絕望時，臉上也會浮現微笑。

　　對外國人來說，要從面無表情的日本人臉上知道他們心裡想些什麼是很困難的，那是因爲日本人是眼神及行爲來表達他們無法言喻的內心世界。人們常說：『眼睛會說話』，我想這位婦人眼中一定泛滿對丈夫的哀痛吧！

課題会話

〈課題1〉歯医者での予約

看護婦：予約は来週火曜日の10時でいかがですか

A　　：はい、結構です。来週火曜日 ¹⁾＿＿＿＿二十日の ²⁾＿＿＿＿ね。

看護婦：はい、そうです。もし変更があるときは、事前に電話で
　　　　お知らせください。

A　　：わかりました。³⁾＿＿＿＿でお知らせすればいいんですね。

　あなたが看護婦に次回の診察の予約をする場面です。日時など
を確認する常套表現が使われています。

預約看牙醫

　　　這是個某人要跟護士小姐預約下次看診的場面。為確認日期、
時間的慣用句型可以套用。

　予約：預約

　～を～に変更する：「AをBに変更する」將A換成B

　事前に：事前

　～ばいいんですね：〈條件形＋ば〉。～的話就可以了，是嗎？

〈課題1〉解答

1)→って（⇔というのは）　2)→ことです　3)→電話

〈課題2〉燃えないゴミってどんな物？

木村♥：あのう、今日は燃えないゴミは出せない日ですよ。

A　　：どうもすみません。あのう、燃えないゴミ¹⁾_____空き
　　　　缶やビンの²⁾_____か。

木村♥：ええ、それからプラスチック製品もそうです。

A　　：³⁾（そうですね／そうですか）。どうもありがとうござい
　　　　ました。

　　燃えないゴミがどんなものかを例を挙げながら確認しますが、
不確かな気持ちがありますから、「～ですか」が自然です。

哪些是不可燃垃圾

　　邊舉例邊做確認不可燃垃圾有哪些的說法，但由於這裡包含了
一些不確定的感覺在裡面，所以用「～ですか」顯得比較自然。

燃えないゴミ：不可燃垃圾

空き缶：空罐

ビン：飲料瓶子

プラスチック：塑膠

〈課題2〉解答

1)→って（⇔というのは）　2)→ことです　3)→そうですか

5 話の中断の仕方

❋ 学習者のハラハラ会話 ❋

☆ 職員会議中の先生に用事があって

アン♥：……職員会議中の先生に……

　　　　1)○○先生、ちょっと来てください。

先生♠：今、会議中なんだ。何か急用かい？

アン♥：ええ、ちょっと……

先生♠：わかった。すぐ行く。みなさん、ちょっとすみません。

アン♥：2)（＿＿＿＿＿＿＿）。

♣

職員會議中，找老師有事

　　職員会議中：正在進行職員會議中

　　急用：急事

　　〜かい：接在語尾表詢問。與「か」同。但比「か」的語氣親切。

耶！為什麼呢？

　　這是一個安同學有急事要去見正在開會中的級任老師的場面。由於安同學的行爲會打斷會議進行，所以一定得好好應對才行。

1)→会議中をすみません。○○先生、ちょっと……

2)→おじゃましました／→失礼しました

【 重點提示 】 ∞∞∞∞∞∞∞∞∞∞∞∞∞∞∞∞∞∞∞∞

一句「～中をすみません」妙用無窮

　　如果只是比較親近的老師和學生的對話，那麼用「先生、ちょっと来てください」也可以。但問題是老師正在開會。像這樣有第三者（會議中的其他老師）在場的情況下，安同學應該先說「会議中をすみません。○○先生、ちょっと……」，向全場的老師道歉才合乎禮貌。「〔会議中を／お話し中を／お食事中を〕すみません」是很常用的。特別是在商用會話中這些更形重要。最後在離開前如能再加說一句「おじゃましました」則會更完美。

好用的「ええ、ちょっと」

　　在無法說清楚講明白的時候，一句「ええ、ちょっと」就很夠用了。「ええ、ちょっと」真的很好用，它能夠讓對方知道你有不能當場說清楚的苦衷。以下是幾種「ええ、ちょっと」的常用情況。

　「お出かけですか」
　　→「ええ、ちょっと……」

　「どうしても参加できないんですか」
　　→「ええ、ちょっと……」

よく使う表現

☆　用事ができて話を中断するとき

①　ちょっと、すみません

▽ちょっと／ちょっと、ごめん

△ちょっと失礼します

②　あのう、すみませんが、～ので

△あのう、申し訳ありませんが、～ので

③　あのう、すみません。すぐ戻りますので

△あのう、申し訳ありません。すぐ戻りますので

☆　用事が終わって戻ったとき

④　どうもすみませんでした

▽ごめん／すまん

△どうも失礼しました／申し訳ありませんでした

☆　話し中の人に用事ができたとき

⑤　〔会議中／話し中／食事中……〕をすみません

▽〔会議中／話し中／食事中……〕をごめん

△〔会議中／お話し中／お食事中……〕を（誠に）申し訳ご

ざいませんが、……

⑥　どうも失礼しました／お邪魔しました

△どうも失礼いたしました／お邪魔いたしました

☆　當有事而要中斷談話時

　　①～③是用在要接來電或是有人來叫你，而不得不中斷談話的時候的表達法。而在聽到這些話時，一般是以「どうぞ」來回應。

①對不起，請等一下
②不好意思，因爲有（電話）～
③對不起，請等一下，我馬上回來

☆　當事情處理完回到座位時

　　當把事情處理完回到座位時，要像④那樣先說聲「どうも失礼しました」「どうも申し訳ありませんでした」來向對方道歉才合禮節。另外，「ごめん」「すまん」是對朋友才用的說法。而「すまん」是屬於男性用語。

④真不好意思，讓您久等了

☆　當有事要轉達給正在說話的人時

　　⑤是當你有事要轉達給正在開會或用餐的人時的前置說法。說完⑤之後才傳達「部長にお電話がかかっております」或「お客様がお見えです」這些事情。把要傳達的事情說完後，再用⑥來對打擾這件事道歉，才有禮貌。

⑤抱歉打擾您〔開會／說話／吃飯〕
⑥打擾了

応用会話例

☆　お客との話し中に電話がかかってきて

リー♠：……リンリンリン（電話音）……

　　　　電話がかかってきているようなので、ちょっと、失礼します。

お客♥：ええ、どうぞ。

　　　　……（電話が終わる）……

リー♠：どうも申し訳ありませんでした。

お客♥：いいえ、どういたしまして。

　　お客と話しているとき、電話がかかってきました。そこで、一旦、話を中断する場面です。この「電話がかかってきているようなので」の「ようだ」は婉曲表現で、推量ではありません。

與客人談話中突然有電話來

　　這是個在跟客人談話時，因電話鈴響了，要暫時中斷談話的場面。這句「電話がかかってきているようなので」中的「ようだ」屬於委婉的表達，而不是推量。

　　リンリンリン：鈴鈴鈴

　　～てくる：〈動詞て形＋くる〉

☆　友達と家で話しているとき玄関のベル

良子❤：あれ？誰か来たようだわ。ちょっとごめんなさい。

友人❤：ええ、どうぞ。

　　　　……（用事が終わる）……

良子❤：お待たせ。宅配便が来たの。

　　　　ところで、さっきの話の続きだけど……。

友人❤：えーっと、どこまで話したっけ？

　良子さんが自宅で友人と話しているとき、玄関のベルの音がしました。そこで一旦話を中断し、また話を再開する場面です。

　友達とは、「さっきの話の続きだけれど」でいいのですが、ビジネスの場などでは「先ほどの話の続きですが」と丁寧な言い方をします。

與朋友在家中閒話家常時突然有人按門鈴

　　這是良子正在家裡和朋友聊天時，因電鈴響了，而一度中斷談話後再恢復談話的場面。若是對象是友人的話，那麼說一句「さっきの話の続きだけれど」就可以。若是在商場就要說「先ほどの話の続きですが」較有禮貌。

玄関：正門	ベル：電鈴
お待たせ：讓你久等	～ようだ：為委婉的表達法，非推量
宅配便：宅急便	ところで：（接續）突然轉變話題時使用
さっき：剛才	～たっけ：表以質問來確定不清楚的記憶

会議中の上司に面会の人が来て

秘書♥：会議中のところを申し訳ありません。副社長、○○商事の田中様がお見えになっています。

副社長：何か急用かな?

秘書♥：はい、そうおっしゃっていました。

副社長：あ、そう。じゃ、みなさん、ちょっと失礼します。

秘書♥：失礼いたしました。

　会議中の上司に来客があって、秘書が副社長を呼びに行った場面です。この会話例はこのような場合の応対のマニュアルともなっていますから、そのまま覚えて使いましょう。

客人要見正在開會的上司

　　這是有客人要見正在開會的上司，而秘書去請副社長的場面。這個會話用例提供了這類應對場面的最佳範本，所以請把它原原本本的記下來。

お見えになる：来る的尊敬體

急用：急事

～かな：表詢問對方，為男性用語

☆　部長、大変です！

リー♠：部長、大変です。あっ！お客様がおいででしたか、失礼いたしました。

部長♠：何を慌てているんだ！

リー♠：……（小声で）……
　　　　○○社が倒産しました。

部長♠：えっ！あのう、誠に申し訳ございませんが、緊急の事態が発生いたしましたので、この話の続きは後日改めてということで、お願いできないでしょうか。

　突然の事態が起こって、慌てて上司に伝えに行くということは間々あることです。もしその場にお客がいたら、「あっ！お客様がおいででしたか、失礼いたしました」と、まず謝ることが大切です。
なお、部長の「～ので、この話の続きは後日改めてということでお願いできないでしょうか」も、このような場合の常套表現です。

部長，不得了了！

　　在公司裡常有突發事件，慌張地跑去告訴上司的情形，這個時候如果有客人在場的話，首先要說句「あっ！お客様がおいででしたか、失礼いたしました」向客人道歉是很重要的。而部長所用的「～ので、この話の続きは後日改めてということでお願いできないでしょう」也是這種情況下常用的句型。

　　おいでです：おいで為来る、行く、出る、いる之敬語，此為いる。

大変（な）：不得了了　　　　　～が慌てる：慌張

～が倒産する：倒閉、破産　　誠に：誠摯地

緊急の事態：緊急事件　　　　後日改めて：改天

課題会話

〈課題1〉接客中の部長に電話が

A　　　：1)＿＿＿＿＿を申し訳ありません。

部長♠：何?

A　　　：〇〇社から部長にお電話が。

部長♠：あのう、2)＿＿＿＿＿。すぐ戻ってまいりますので。

お客♠：ええ、どうぞ。

A　　　：3)＿＿＿＿＿。

　接客中の部長に電話がかかってきました。あなたがそれを伝えに行った場面です。公式の応対が必要です。

打斷正在接待客人的部長

　　這是你要去向正在接待客人的部長傳達有電話的場面。公式性的應對是非常必要的。

　接客中：會客中

　〜てまいります：爲「て来る」之謙讓語

〈課題1〉解答

　1)→お話し中　2)→申し訳ありません　3)→失礼しました

〈課題2〉接客中のお客との話を中断して

A 　：電話がかかってきているようなので、ちょっと¹⁾＿＿＿＿

　　　＿。

お客♠：ええ、²⁾＿＿＿＿＿＿。

　　　…… （電話が終わって） ……

A 　：どうも³⁾＿＿＿＿＿＿。

お客♠：いえいえ、お忙しそうで。

A 　：それで、⁴⁾（さっき／先ほど）の話の続きなんですが、……

　　電話がかかってきたため、お客との会話を中断しなければなら
なくなりました。なお、ここでは用事が終わってからの客との話
を再開するときの丁寧な言い方を覚えましょう。

中斷與接待中客人的談話

　　由於有電話，不得不中斷你跟客戶間的談話。在此，就讓我們
來學習如何有禮地處理事情完後再和客戶繼續談話的方法。

　　お忙しそうで：看起來很忙的樣子

　　先ほどの話：剛才的話題

〈課題2〉解答

　1)→失礼します　　　　　　　2)→どうぞ

　3)→申し訳ありませんでした　4)→先ほど

6 話の終え方

❋ 学習者のハラハラ会話 ❋

☆ 道で久しぶりに先輩に会って

先輩♠：やあ、リー君、久しぶり。元気でやってた?

リー♠：はい、まあ何とかやっています。先輩は?

…… (話は続くが、リー君は時間がなくて) ……

リー♠：[1](　　　　　)、仕事の途中なので、[2]<u>これで失礼します。</u>

先輩♠：あ、ごめん、時間を取っちゃって。

リー♠：[3](　　　　　　　)。

♣

結束對話的方法

何とかやっている：還過得去

途中：(進行事務的) 中途

♣

耶！為什麼呢?

這是在工作中無法好好的談話時，如何將話題結束的場面。如果依小李的說話恐會傷害到對方。但只要在道別時加上一句客套話，那就會很完美了。

1)→ すみません。残念なんですが

2)→ (言わない方がいい)

3)→ ゆっくりお話ししたかったんですが。ほんとうに申し訳ありません。

【重點提示】 ∽∽∽∽∽∽∽∽∽∽∽∽∽∽∽∽∽

不使用道別語之日本式結束對話方法

　　經常因無法找到結束談話的契機而感到困擾。這個時候該如何不失禮地來表達呢？要是由晚輩說出「では、これで」「これで失礼します」這類道別語的話，大部份的日本人會覺得真是個「沒禮貌的傢伙」，這時就要面有難色地說「すみません。～ので」，把自己非得結束這段談話的原因跟對方說明不可，這麼一來對方就諒解。例如：「すみません。～時までに会社に戻らなければならないので……」「すみません。～時にお客と待ち合わせているので……」是很常用的表達，牢記這些語詞會很方便。像這種不用道別話來結束談話的方式即所謂的日本式的結束談話方法。

有禮貌的道別語

　　臨別時的一句「ゆっくりお話ししたかったんですが」或是「今度ゆっくりお話ししたいですね」雖是一句應酬話，但有沒有這一句話差別可大了。一般的外國人在這方面比較不會適切地表達，宜好好記住加以應用。單這一句話就能緩和氣氛外，還能為自己搏得好感呢！

よく使う表現

☆ 話を終えたいとき

① では、これで／それでは、これで

▽じゃ、これで／それじゃ、これで

② すみませんが、～ので、……

▽ごめん（ね）、～から、……

△誠に申しわけございませんが、～ので。

③ それでは～ので、そろそろ失礼します

▽それじゃ～ので、そろそろ……

△それでは～ので、そろそろ失礼させていただきます

☆ 別れ際の一言

④ また今度ゆっくり

⑤ ゆっくりお話しできなくて残念です／もっと、

　　ゆっくりお話ししたかったんですが……

▽ゆっくり話ができなくて、ごめん／もっと、

　　ゆっくり話がしたかったんだけど……

⑥ 今日は〔お忙しいところ／お休みのところを／お仕事中

　…〕をどうもありがとうございました

▽今日は〔忙しいところ／休みのところを／仕事中…〕を、

　　どうもありがとう

☆　想結束談話時

　　要是彼此很熟悉的話，「じゃ、これで」就可以了。要是對象是長輩、長官或是在商場上，要結束談話就得注意不要讓對方覺得失禮。這種情況用②來讓對方知道自己的狀況，算是一般的用法。還有經常與「すみません。〜ので、〜」「ごめんね。〜から、〜」等呼應使用，

　　③是受招待的客人要告別時的說法，但想結束談話回家時也可以使用。

①那就先這樣

②對不起，因為還有〜（事）

③接下來因為還有〜（事），所以那我就先告辭了

☆　臨別的一句話

　　④⑤多用於私人場合，⑥則多套用於商用會話或正式談話。像這樣因為占用對方時間而表達歉意，並表達自己還想和對方見面是很重要的。

④找時間我們再好好聊

⑤真可惜，沒辦法好好跟你聊。／還想跟你繼續慢慢聊的，但是〜

⑥今天百忙之中，真是謝謝您。／承蒙您撥冗，非常感激。

☆　友人の家で話し込んで

良子♥：あら、もうこんな時間。そろそろ失礼するね。

友人♥：もっとゆっくりしていけばいいのに。

良子♥：そうもいかないの。夕食の支度もあるし、また今度ゆっくり。

友人♥：じゃ、また遊びに来てね。

良子♥：うん、じゃぁね。

　良子さんが友人宅で話し込んで、つい時間が経ってしまいました。そこで話を終えて、帰ろうとする場面です。「そろそろ失礼するわ（⇔します）」は訪問先を去るときも、話を切り上げるときも使える便利な言葉です。

在朋友家聊得忘了時間

　　良子在朋友家聊天，不知不覺地時間過了。這是良子要把談話告一段落準備回家的場面。「そろそろ失礼するわ（⇔します）」不單是打算要離開時使用，在要把談話告一段落時也是很方便的語詞。

　あら：表突然發覺某事而驚訝

　そうもいかない：指對方的提議行不通，無法配合

　夕食の支度：準備晚餐

☆　客の方から話を終える

お客♠：では、この話はそういうことで。

　　　　すみませんが、他の用事もありますので、これで失礼さ

　　　　せていただきます。

部長♠：本日はお忙しいところを、誠に申し訳ありませんでし

　　　　た。

お客♠：いえいえ、こちらこそ。では、失礼します。

　商用で行った先で、用件が終わって話を切り上げ帰る場面で
す。このお客の言い方はよく使われるものなので、そのまま覚え
ておきましょう。

客人要結束談話

　　這是公司客戶與上司討論完公事後要回去的場面。這位客人告
辭的說法是很常用的，宜好好記住。

　　～させていただく：〈使役形ていただく〉請容許我

　　本日：「今日」的謙恭語

☆ 祝賀パーティーの場で

主催者：平素はいろいろお引き立ていただき、誠にありがとうございます。

客Ａ♠：いえいえ、こちらこそ。それはそうと、話によりますと、中国に支店を出す計画もおありだとか聞いておりますが。

主催者：ええ、まあ、検討中というところでして。
あっ、申し訳ございません。××商事の〇〇社長がおみえになったようなので、ちょっと失礼させていただきます。

客Ａ♠：どうぞ、どうぞ。

主催者：〇〇社長、本日はわざわざお出向きくださり、ありがとうございました。

…… （終わりの時刻が近づいて） ……

主催者：ご歓談中を誠に申し訳ございません。予定の時間も近づいてまいりました。会場の都合もございまして、名残惜しいのではございますが、これでお開きにさせていただきます。本日は誠にありがとうございました。

◉「是非、遊びに来てください」は儀礼語？◉

　「是非、遊びに来てください」は日本人が別れ際によく使う挨拶言葉です。ところが外国の方は言葉通りに受け止めますから、「実際に遊びに行ったら冷たい目をされた」ということも起こって、「日本人は嘘つきだ」と文化摩擦の原因にまでなったりします。

　しかし、日本人はあなたに「嘘」をついたのではなく、あなたへの好意を表す別れ際の挨拶として使ったのですから、決して怒らないでくださいね。みなさんは「いつどのように」と具体的な話がないときは、この言葉は挨拶の言葉と考えた方がいいでしょう。

公式のパーティーの場面では、主催者が来るお客の一人一人に応ずるときの話し方を取り上げました。また最後の主催者の挨拶はパーティーを終えるときによく使われる表現です。

在祝賀宴會場上

這是在正式宴會場面，主辦人與客人應對的說話方式。主辦人最後的致詞也是宴會場合中常用到的。

平素：「いつも」的謙恭語。經常

～を引き立てる：關照

それはそうと：此外，附帶說

おみえになる：「来る」的尊敬語

わざわざ：特地

～に出向く：前往，前去

（ご）歓談中：正相談甚歡中

～てまいる：（＝～てくる）…來

名残惜しい：依依不捨

お開きになる：結束的謙讓語

⊙「是非、遊びに来てください」是客套話？⊙

在臨別時，日本人最愛講「是非、遊びに来てください」這樣的客套話。而外國人常欣然地接受這所謂的「邀請」並前往拜訪，之後才發現對方冷漠以待。因此造成外國人認爲日本人都是騙子的文化磨擦。

事實上日本人並沒有說謊，他們只是在臨別時表達對你的親切之意罷了。所以千萬別生他們的氣。要是對方沒有具體的說出時間的話，那就要把它當做單純的客套話較好。

課題会話

〈課題1〉アルバイトに行く時間になって

A ：あっ、もうこんな時間だ。アルバイトがあるんで、¹⁾（行か
なければ／行かなきゃ）。

級友♥：毎日大変ね。

A ：²⁾（うん／ううん）、そんなことないよ。話の続きは、ま
た今度。

級友♥：そうね。じゃ、来週。

A ：じゃ、³⁾（さようなら／またね）。

口語体会話で統一してください。なお、いつも顔を会わせてい
る人に「さようなら」は使いません。

打工時間到了

請統一用口語體會話。還有，對常見面的人是不說「さような
ら」的。

〜んで：「〜ので」的口語

〜なきゃ：為「なければ」之縮約形

じゃ、来週：那就下禮拜吧！

〈課題1〉解答

1)→行かなきゃ　2)→ううん　3)→またね

〈課題2〉長話を切り上げる

隣人♥：あら、奥さん、こんにちは。

A　　：こんにちは。

隣人♥：ねえ、奥さん、ご存じでした? 実は○○さんのお宅の息子さんが……（長話）……

A　　：あのう、1)_____。そろそろ主人が帰って来るので……。

隣人♥：あら、ごめんなさい。気がつかなくて。

A　　：2)（ええ／いいえ）、じゃ、また 3)_____。

_____

長話になりそうで困ったとき、どう上手に話を切り上げるかという場面です。

結束長談

這是一個因長談而感到困擾時如何妥善地結束談話的場面。

長話：長話、久談

〜を切り上げる：結束，告一段落

ご存じだ：「知る」的尊敬體

お宅：指別人府上的禮貌用法

気がつかない：沒有留意到

_____

〈課題2〉解答

1)→すみません　2)→いいえ　3)→今度ゆっくり

〈課題3〉こんな時、どう言いますか

ロールカード1

A：あなたは新幹線の中にいます。荷物が多いので、友だちのB
さんに電話をして、迎えに来て欲しいと頼みます。待ち合わ
せに必要なことを話してください。

B：あなたはAさんから電話を受けましたが、いつ、どこで待ち
合わせると言ったのか、よく聞き取れませんでした。どうし
ますか。

ロールカード2

A：B先生に急用の電話がかかってきました。今、先生は授業
中です。あなたはそのことを伝えに教室に行ってください。

B：あなたは授業を中断して、電話に出るために事務所に行きま
す。そのとき、伝えに来たAさんや教室の学生たちにどう言
いますか。

第二章　依頼と伝言編

　借金の依頼、保証人の依頼などは難しいものですが、それ以上に難しいのは断り方ではないでしょうか。特に欧米や中国の方は「イエス」「ノー」が最初に来ますから、断り方が直截になり、日本人には冷たく感じられることがしばしばあります。しかし、ちょっとした話し方の工夫で、それをやわらげることができるのです。

請託與傳話篇

　　向人借錢或拜託人家當你的保證人是蠻難開口的。但難度更高的大概是怎麼去拒絕別人的請託吧！特別是歐美人或中國人YES或NO常擺在句子的最前面，這樣的拒絕方式常讓日本人覺得很冷淡。不過只要稍下點工夫就能夠讓情況變得緩和。

1　普通の依頼の仕方

❀ 学習者のハラハラ会話 ❀

☆　進学のことで相談する

アン♥：あのう、先生、1)＿＿＿＿、今、お時間、よろしいでしょうか。

先生♠：いいよ。何だい?

アン♥：実は進学のことで、今、迷っているんです。ちょっと、
2)相談に乗ってください。

先生♠：いいけど、何に迷ってるんだい?

♣

商量升學之事

　よろしい：(「よい」的另一個說法) 好，可以

　～(ん)だい：……呢?

　実は：事實上，其實

　～に迷う：對～感到迷惘

　相談に乗る：參與商談

♣

耶！為什麼呢?

　　有事想拜託長輩幫忙時，加上一句「お仕事中を (お食事中を…) すみませんが」比較有禮貌。不過問題在於面對長輩時，使用「～てください」上面。

1)→お仕事中を (お食事中を…) すみませんが
2)→相談に乗っていただけませんか

66

【 重點提示 】 ∽∽∽∽∽∽∽∽∽∽∽∽∽∽∽∽∽∽∽∽

「～中をすみませんが、……」

　　不論在哪個國家都有這種場合的引言。在日語中「（お忙しいところを／お休みのところを／お食事中を／お仕事中を…）すみませんが」這樣，先說一句道歉話算是一種禮儀。特別是商用會話中，可以說是絕對必要的一句話，這些引言請參考下一頁。

絕對不可對長輩使用「～てください」

　　「～てください」用在客人對店裡的服務人員點餐時或對象是晚輩或平輩時。「～てください」讓人覺得有命令的意思，也包含著認爲「對方應該這麼做」的想法在內。

　　所以對老師說「～てください」是非常沒禮貌的。不管是在語言學校或公司等正式場合，都不可以使用的。因此有事要拜託長輩或是不認識的人時，請使用「～てくださいませんか」或是更有禮貌的「～ていただけませんか」。

　　～て／～てくれ　　　　　　　　　〈≒指示〉
　　～てください／～てちょうだい　　〈指示≧依賴〉
　　～てくださいませんか　　　　　　〈依賴〉
　　～ていただけませんか　　　　　　〈依賴〉

よく使う表現

☆ 前置きの言葉

① あのう、……／あのう、すみませんが

　▽あのう、悪いけど

　△あのう、申し訳ありませんが

② あのう、ちょっとお願いがあるんですが

　▽あのう、ちょっとお願いがあるんだけど

③ 〔お忙しいところを／お仕事中を／お休みのところを／お
　食事中を…〕誠に申し訳ありませんが

☆ 依頼の表現

④ ～、お願いします

　▽～、お願い

⑤ ～て-ください

　▽～て

　▽～て-くれない？／♠くれ／♥ちょうだい

　△～て-くださいませんか

⑥ ～て-もらえませんか

　▽～て-もらえる？／もらえない？

　△～て-いただけませんか／いただけないでしょうか

⑦ ～て-もらいたいんですが

　△～て-いただきたいんですが

68

☆　**請求的開場白**

　　要拜託熟人幫忙時，常用①②來做開場白。③則是當對方正在忙時所使用的表達法，通常在正式的會話中對長輩或客戶使用。在講完③之後，如再加上一句「今お時間よろしいでしょうか」就顯得更有禮貌了。

①嗯…／嗯…不好意思…我…

②嗯，我想拜託你…

③不好意思，您正在…中打擾您了。

☆　**請託的表達法**

　　④則是當我們在店裡買東西、點餐或請下屬幫我們小忙時使用。⑤⑥是最平常的請託的說法。不過除印有▽的表達法外，其他的用法會依據語調及場合的不同，有時表指示有時表請求的意思，所以對象是長輩或懇切拜託別人時不要使用。

　　⑦是陳述自己的希望，間接請託的說法，在猶豫該不該拜託時使用。

④拜託你了

⑤請…

⑥可否請您…

⑦想要拜託你…。

☆　レストランで注文する

リー♠：すみません。メニューを見せてください。

店の人：はい、どうぞ。ご注文がお決まりになりましたら、お呼びください。

リー♠：それから、おしぼりをお願いします。

店の人：はい、かしこまりました。

　レストランで注文する場面です。リー君は客ですから、「〜てください」「〜お願いします」で十分です。

在餐廳點餐

　　場景設定爲餐廳點餐。小李是客人，所以說「〜てください」「〜お願いします」就足夠了。

　メニュー：菜單　　　注文：點餐　　　おしぼり：紙巾，毛巾
かしこまりました：（「わかりました」的謙恭語）知道了

⦿**日本で嫌われるのはどんな人？**⦿

　先輩から後輩を見たときの生意気ランキングはどうなっているか。「小六チャレンジ・1999・一月号」（株：ベネッセコーポレーション）の別冊付録「中学のぜんぶ」にこんな興味深い統計が出ていました。これはどんな人が嫌われるかのランキングといってもいいでしょう。子供社会は大人社会の縮図ですから、会社でアンケートを採っても似た結果になるでしょうね。

1.あいさつをしない	41％	2.敬語を使わない	29％
3.図々しい	13％	4.いい子ぶりっ子	9％
5.こそこそ悪口	5％		

　この統計でわかるように、敬語が使えるかどうかが、日本社会でどれほど重要かがおわかりいただけたでしょうか。目上に「あなた」も「〜てください」も禁句ですよ。

☆　クラスメートに消しゴムを借りる

アン♥：ねえ、ちょっと。

級友♠：どうしたんだ。

アン♥：悪いけど、ちょっと消しゴム、貸してくんない？

級友♠：ああ、いいよ。

　親しいクラスメートのフレンドリー会話ですから、遠慮のない口語普通体が自然になります。

向同學借用橡皮擦

　　這是親密同學間的對話，所以用口語普通體最爲自然。

　悪いけど：不好意思，那個…　　　消しゴム：橡皮擦

　〜くんない？（「〜くれない？」的口語形）不能…給我嗎？

◉ **在日本被討厭的是什麼樣的人呢？** ◉

　　在學長眼中學弟妹傲慢態度的排行榜如何呢？「小六チャレンジ・1999・一月号」（ベネッセコーポレーション股份有限公司）別冊的附錄「中学のぜんぶ」中就有這樣的統計。這也可以說是惹人厭的排行榜。小孩的社會也就是大人社會的縮影，所以在公司裡做這份問卷的結果應該相去不遠吧！

　　1. 不跟人打招呼　　41 %　　　2. 不說敬語　　　29 %

　　3. 厚顏無恥　　　　13 %　　　4. 裝乖　　　　　9 %

　　5. 背後說人壞話　　5 %

　　由以上的統計就可以知道會不會使用敬語在日本社會裡有多麼重要了。所以要記得，對長輩及上司是絕對不能用「あなた」或「〜てください」的。

☆ 隣の人にタバコをやめてほしいと頼む

良子♥：あのう、申し訳ありませんが。

Ａ ♠：はい、何か?

良子♥：すみません。できればタバコは遠慮していただきたいん
　　　　ですが、……。

Ａ ♠：あっ、どうもすみませんでした。

良子♥：いいえ、こちらこそ。

　良子さん♥が隣の人♠にタバコをやめてほしいと頼む場面です。この「タバコは遠慮していただきたいんですが、……」と頼む表現は、そのまま覚えて使いましょう。

拜託旁人不要抽煙

　　以上的會話是良子希望隔壁的人不要抽煙的場面。「タバコは遠慮していただきたいんですが、……」這個請求的表達法要好好的記住。

できれば：能夠的話

〜を遠慮する：謙恭地要求別人不要做〜

☆ 駅員に忘れ物を探してもらう

アン♥：あのう、すみません。

駅員♠：何でしょうか。

アン♥：今の電車に鞄を忘れてしまったんですが、探していただ
けませんか。

駅員♠：何号車に乗っていたか覚えていますか。

アン♥：確か前から五両目だったと思います。

駅員♠：それで、その鞄の特徴ですが、……。

自分の責任で起こった事故ですから、「～てください」は不適
切です。「～てください」は相手がそうするのが当然だと思って
いるときに使います。

請求車站人員尋找遺失物

由於是自己的疏忽所造成的事故，所以用「～てください」並
不妥當。「～てください」是在你覺得對方理所當然應該要那樣做
時才使用。

忘れ物：遺失物

何号車：第幾車箱

確か：確實

それで：因此

特徴：特徴

課題会話

〈課題1〉教師に進学の相談をする

あなた：¹⁾＿＿＿＿＿、先生、お忙しいところをすみませんが、今、
　　　　お時間、²⁾（いいですか／よろしいでしょうか）。
先生♥：いいわよ。何?
あなた：ええ、実は進学のことで相談に乗って³⁾（もらいたい／
　　　　いただきたい）ことがあるんですが、……

　仕事をしている先生のところに、進学の相談があって行った場面です。丁寧な頼み方の練習をしてください。

和老師商量升學問題

　　這是老師正在工作的時候，去商量升學問題的場面。請練習有禮貌地請求別人的方法。

　　〜ところを：正在〜的時候
　　相談に乗る：參與商量

〈課題1〉解答

1)→あのう　2)→よろしいでしょうか　3)→いただきたい

〈課題2〉上司に早退の許可をもらう

あなた：¹⁾＿＿＿＿、＿＿＿＿があるんですが。

課長♥：何なの? お願いって。

あなた：どうも熱があるようで、頭がふらふらしますので、少し早く
²⁾（帰って／帰らせて）³⁾（もらえないか／いただけない
か）と思いまして。

課長♥：わかったわ。顔色もよくないし、無理はしないで、早く
帰りなさい。

　課長に早退の許可をもらいに行った場面です。この、「～させて
いただけませんか」は公的な場面で許可を求めるときの常套表現で
す。

請求課長允許早退

　　這是去找課長請准許提早下班的場面。請求他人許可的「～さ
せていただけませんか」的表達法，在正式場合常常用到。

　早退の許可：請求允許早退

　何なの：爲「何ですか」之口語

　～ようで：表推量，好像～

　顔色がよくない：臉色不好

　無理をする：勉強自己

　～なさい：表對平輩或晩輩委婉的命令

〈課題2〉解答

1)→あのう、お願い　2)→帰らせて　3)→いただけないか

75

2 重要な依頼の仕方

❈ 学習者のハラハラ会話 ❈

☆ 借金の連帯保証人を依頼する

リー♠：実は先輩に折り入って¹⁾頼みがあって、お電話したんです
　　　　が……。

先輩♠：突然なんだい?

リー♠：あのう、今度、友人といっしょに会社を作ることになった
　　　　んですが、銀行から融資を受けるには連帯保証人が二人
　　　　必要なんです。それで、先輩に²⁾お願いできませんか。

♣

拝託友人擔任貸款保證人

　折り入って：務必

　融資を受ける：接受融資

　連帯保証人：連帯保證人

♣

耶！為什麼呢？

　　這是打電話拜託當貸款連帯保證人的場面。儘管如此，「お願
いできませんか」還是強硬的拜託方法。

1)→折り入って

2)→お願いできないかと思いまして

【 重點提示 】 ∿∿∿∿∿∿∿∿∿∿∿∿∿∿∿∿∿∿

一句「折り入って」

　　只要一句「折り入って」日本人就知道事情的重大性。因爲普通的請求是不會說「折り入って」的。像是請求高額的貸款、融資或貸款時請人當連帶保證人，或是求職時請人代爲關說等會帶給對方負擔或有風險的情況，才會用「折り入って」。

有重要的請求時，寫信是最好的方式

　　日本人在對人有重要請求時，多半會寫信或直接見面拜託。寫信是最有禮貌的請託方式。要拒絕別人時，寫信也是最好的方式，這種方式不但能詳細地說明自己爲何幫不上忙，另外也能夠顧及到今後彼此關係。比如跟你很親的人或是照顧過你的人來求你，而你又不得不拒絕時，其實是很困窘的。只要稍稍措詞不當，往後的關係恐怕就毀於一旦。

　　所以，小李要拜託別人當連帶保證人這等大事（保證人同時也有償還債務之義務）實在不應該用打電話的。另外，「お願いします」在口頭表達上會給人強硬的印象。所以用「お願いできないでしょうか」或是更有禮貌的「お願いできないかと思いまして」會來得比較穩當。

よく使う表現

☆　改まった依頼の前置き

①　あのう、折り入って〔お願い／ご相談〕したいことがあるんですが、……

②　あのう、大変厚かましいお願いで、誠に恐縮なのですが、……

☆　強く頼むとき

③　ご無理は承知の上で、そこをなんとかお願いできないでしょうか

④　○○様のほかに、このようなお願いができる方もありませんので、伏してお願いいたします

⑤　この通りです。……（頭を下げる）……

　　なにとぞよろしくお願いいたします

◉依頼の殺し文句◉

　「こんなことをお願いできるのは○○さんしかいなくて」や「こんなわがままが言えるのは○○さんしかいなくて」のように、相手のプライドをくすぐるのは依頼するときの殺し文句です。窮状を切実に訴え同情を引く手や、以前に相手に与えた恩義をほのめかすという手もありますが、補助的手段とした方がいいでしょう。

　特に借金の依頼のときは、そのお金がなぜ必要か、いつまでに返すか、どうしてその人に頼んだか、先ずはっきり言って依頼するのが礼儀です。とにかく相手に不安を与えないことが大切です。そして相手にも負担がかかることは、「無理は承知の上で」「そこをなんとか」「なにとぞ」のように相手を配慮した言葉を使って頼み、最後には頭を下げるというのが日本のやり方ですが、それでだめならあきらめましょう。

☆ 正式請託的開頭語

以上這些請託的表達語句也常常用在書信裡。由於這類的請託多少會造成對方的負擔，所以詳細說明請託的理由以及爲何來拜託他，都是相當重要的。

①不好意思，有件相當重要的事想和您商量……

②有件難以啓齒的事，感到非常抱歉，就是關於……

☆ 強烈請求

若是對方面有難色時，一定要做更強烈的請求才行。

③我知道是很爲難您的事，但請務必要幫我。

④除了○○先生您以外，沒有其他人可以幫我了，敬請幫助。

⑤（磕頭）請您務必要幫助我。

◉請託人的絕招◉

拜託人家時的絕招就是騷動對方的自尊心，譬如說「こんなことをお願いできるのは○○さんしかいなくて」或是「こんなわがままが言えるのは○○さんしかいなくて」這類的話。另外也可以說說自己的窘境來搏取對方同情，再不然也可以稍微暗示你也曾給過他恩惠。不過這些還是當作輔助的手段比較好。特別是跟人借錢時，一定要先說清楚爲什麼需要錢、什麼時候還、爲什麼找他借，才合禮儀。總之重點就是別讓對方感到擔心或不安。還有，對於造成對方不便之處要說「無理は承知の上で」「そこをなんとか」「なにとぞ」這類爲對方設想的話。日本人的做法是在最後還加上向對方低頭拜託，要是連這樣都沒辦法的話，那就只有放棄了。

応用会話例

☆　先輩に借金を依頼する

アン♥：あのう、今日は折り入ってリーさんにお願いがあるんで
　　　　すが……。

リー♠：どうしたんだ。遠慮しないで言ってみなよ。

アン♥：実は、十万円ほどお借りできないかと思って……。

リー♠：なんだ、そんなことか。「折り入って」なんて言うから
　　　　何かと思ったよ。何に使うんだ?

アン♥：パソコンを買いたいんですが、足りなくて。

リー♠：わかった。それで、いつ返す?

アン♥：年内には必ず返します。

　借金を依頼する場面です。十万円程度であれば、このように直
接会って頼んでもいいでしょう。

向前輩借錢

　　這是向人借錢的場面。要是僅僅只借 10 萬日幣，這樣當面拜託
也是可以的。

遠慮しないで：不要客氣
～てみな：（「～てみなさい」的男性口語）請……
なんだ：什麼呀！就這樣呀！
年內：今年內
必ず：一定

80

☆　結婚の媒酌を依頼する

佐藤♠：今日は折り入って先生にお願いしたいことがあって伺いました。

恩師♠：また、改まって何だい?

佐藤♠：実は〇〇さんと婚約しまして、来春、結婚式を挙げることになったんですが、先生にご媒酌をお願いできないかと思いまして。

恩師♠：おめでとう。でも、それはちょっと大役だね。

佐藤♠：是非ともお願いいたします。先生をおいて他にはいないんです。

恩師♠：わかった。僕でよければ喜んでやらせていただくよ。

　結婚の媒酌を恩師に依頼した場面です。「是非とも」は「是非」の、「〜をおいて他にいない」は「〜しかいない」のもっと強い言い方です。

拜託恩師擔任媒人

　　這是一個拜託恩師在婚禮中擔任媒人的場面。要注意的是「是非とも」比「是非」更有力，而「〜をおいて他にいない」也比「〜しかいない」效果更強。

媒酌：爲人做媒　　　　　　　また：還、又

改まって：一本正經地　　　　〜と婚約する：與…訂婚

結婚式を挙げる：舉行婚禮　　大役：重責大任

〜をおいて他にいない：除〜外不做第二人想

是非とも：務必，一定

☆　借金の返済の延期を頼む

A社長：今日は折り入ってお願いしたいことがありまして、伺いました。

B氏　：何でしょうか。折り入っての頼みとは？

A社長：実はわが社は、いま浮沈の瀬戸際に立たされておりまして、先日ご用立てていただいた二億円の返済の件、今しばらくご猶予いただけないかと思いまして……。

B氏　：うーん、困りましたねえ。こちらにも都合があって。返済の期限は守っていただかないと……。

A社長：ご無理は承知の上で、そこを何とかお願いできないものでしょうか。

B氏　：そう言われてもねえ。

A社長：この通りです。……（頭を下げる）……

B氏　：頭を下げられても、僕の一存では決められないことですからねえ。少し考えさせていただけませんか。

A社長：なにとぞ、よろしくお願いいたします。

◉「考えさせてください」が招く文化摩擦◉

　「検討させてください」「考えさせてください」は、その場での結論を保留する表現ですが、外国の人を迷わせる代表的な曖昧語です。

　この言葉は実際に検討してくれる場合もあるのですが、日本人が首を傾げて言ったり、顔をしかめて言ったとすれば、十中八九、それは断りを表しています。ところが外国の人は言葉通りに受け取りますから、後で「ノー」の意味と知ったとき、「日本人は嘘つきだ」と怒ったりするのです。しかし、日本人は面と向かって「ノー」というのは相手を傷つけると思い、表情から察してほしいと思っていたのです。このように言いにくいことは言葉で言わず表情から察してもらうというのが日本式なのです。

金融会社の重役に、頭を下げて借金返済の猶予を頼む場面です。テレビなどではよく出てくるシーンです。

拜託延緩償還借款

這是Ａ社長向金融公司的董事磕頭拜託，希望延長償還借款期限的場面。在電視也經常出現的場景。

浮沈の瀬戸際に立つ：處於生死緊要關頭

〜を用立てる：代爲墊付、借〜

〜を猶予する：暫緩〜

返済の期限を守る：遵守還錢的期限

ご無理は承知の上で：深知這對您來說很勉強

そこを何とか：無論如何要……

この通りです：像這樣

一存：個人的想法

◉「考えさせてください」這句話所引起的文化摩擦◉

　　會話裡的「検討させてください」「考えさせてください」爲表示對結論抱持保留態度的說法，不過它卻是讓外國人感到困惑的典型曖昧語之一。

　　當然這句話有時候真的表示對方會好好考慮，可是要是日本人斜著頭或皺著眉說這句話時，十之八九表示NO。外國人按字面意思接受了，但事後知道那就表示「不」的時候，往往會生氣並且認爲日本人是騙子。像這類難以啓齒的事，不靠語言而用表情傳達就是日本式的表達。

☆ 夫の暴力について相談する

A ♥：もしもし、そちら女性相談室でしょうか。

相談員：はい、そうですが。

A ♥：わたし、34歳の主婦でAと申します。実は夫の暴力のこと
で、ご相談したいことがあって、お電話いたしました。

相談員：わかりました。当相談室はボランティア団体ですので、
相談費用等は一切いただきません。また、秘密について
は厳守いたしますので、ご安心ください。では、事情に
ついて詳しくお伺いしたいのですが、……

　　　　……（事情について説明する）……

相談員：う～ん、深刻ですねえ。それで離婚の意志はおありですか。

A ♥：それが、子供の将来のことを考えますと、どうしていい
のやら決め兼ねています。

相談員：一度、当相談室にお越しになりませんか? 直接お会いし
て、その上で今のAさんの率直なお気持ちなど、詳しくお
伺いした方がいいように思いますが、いかがでしょうか。

A ♥：はい、ありがとうございます。

84

日本には無償で相談に乗ってくれる女性相談室や人権団体がいくつかありますが、みなさんも日本で何かあったときは一人であれこれ悩むより、電話した方がいいですよ。やはり法律家や医師など専門家の力が必要なことがありますから。

請教有關丈夫暴力問題

在日本有幾個免費提供諮詢的機構或人權團體。在日本遇到困難時，與其獨自煩惱，倒不如打電話去尋求幫助來得好。因為有時候的確是需要這些法律專家、醫生的幫助。

夫の暴力：丈夫使用暴力
女性相談室：女性諮商處
当～：（稱己方之公司、團體）本～
一切～ない：完全、～沒
秘密を厳守する：嚴守秘密
～を伺う：「聞く」之謙讓體
深刻（な）：嚴重
離婚の意志：離婚的意願
どうして…のやら：要怎麼做比較好呢？…
～兼ねる：顧忌，顧慮
子供の将来：孩子的將來
お越しになる：「来る」的尊敬體
直接：直接
その上で：而且，並且
率直（な）：坦率
気持ち：心情，感受

課題会話

〈課題1〉先輩に身元保証人を依頼する

A ： 今日は先輩に 1)＿＿＿＿＿ご相談したいことがあって伺ったんです。

先輩♠：改まっての相談って、何？

A ： 2)＿＿＿○○株式会社に就職が内定したんですが、二名の身元保証人が必要なんです。こんなことを頼めるのは先輩 3)＿＿＿＿＿、それで……

先輩♠：僕はかまわないけど、もう一人の保証人はどうするんだい？

___

身元保証人になってほしいと、先輩のところに依頼に行った場面です。ここでは依頼の殺し文句が使われています。

拜託學長當保證人

這是設定要到學長家拜託他當自己的保證人的場面。拜託人家時，常會說一些好聽的話讓人家肯答應幫忙，而這些所謂的「好話」也出現在上面的會話裡。

身元保証人：能對應徵者之身分、經歷提出擔保之保證人

〜が伺う：拜訪

就職が內定する：求職內定錄取

必要（な）：需要

かまわない：無所謂、不要緊

〜んだい：（要做什麼）呢？

___

〈課題1〉解答

1)→折り入って 2)→実は 3)→しかいなくて

〈課題2〉借金を依頼する手紙

謹啓　今日は○○様に折り入ってお願いしたいことがありまして、ペンを取っております。

　実は息子が交通事故を起こしまして、その損害賠償のために早急に二百万円ほど工面しなければならなくなりましたが、どうしても五十万円ほど足りません。そのようなわけで、¹⁾＿＿＿＿で、○○様におすがりする次第です。なお、お借りしたお金につきましては、暮れのボーナスで必ずお返しいたします。

　このようなお願いができるのは○○様²⁾＿＿＿＿＿ございません。

³⁾（なんとか／なにとぞ）ご承諾のほど、伏してお願い申しあげます。

草々

請求借錢的信

ペンを取る：提筆

損害賠償：賠償損失

〜を工面する：張羅〜

〜にすがる：依頼、依靠〜

〜次第です：全憑〜

暮れのボーナス：年終獎金

ご承諾のほど：承諾、應允

伏して：叩拜

〈課題2〉解答

1)→無理を承知の上　2)→をおいて他に　3)→なにとぞ

3　依頼の断り方

❋ 学習者のハラハラ会話 ❋

☆　恩師から翻訳の依頼を断る

恩師：実は君に折り入ってお願いがあってね。

リー：何でしょうか、先生。

恩師：今、会話の教材を作ってるんだけど、君に中国語への翻訳を頼めないかと思って。

リー：すみませんが、今、私は ¹⁾忙しくてできません。²⁾他の方に頼んでいただけまんか。

♣

婉拒恩師請託翻譯

〜てる：（「〜ている」的口語形）

翻訳を頼む：拜託幫忙做翻譯的工作

♣

耶！為什麼？

　　這是拒絕恩師請託的場面。不過小李的言詞中並沒有將「手伝えなくて、ごめんなさい」這樣的愧疚之情表現出來，換句話說，這種拒絕的方式有可能會造成往後互不往來的情況。

1)→（私にお声をかけてくださり、本当にありがとうございます。しかし、）申し訳ないんですが、今、私は他の仕事をかかえていまして……。

2)→削除

88

【重點提示】 ∽∽∽∽∽∽∽∽∽∽∽∽∽∽∽

有關拒絕方法所產生的文化摩擦

　　最困難的是拒絕的方法。由於語言文化的不同，不少語言是直接了當地表達他們心裡想的是 YES 或 NO，不過這樣的表達方式對日本人來說簡直不能理解，並且會被解讀為殘酷。甚至於還會被誤解成沒有人情味。小李雖然沒有一點惡意，但是在日本不可諱言地，這種拒絕方式有可能會導致情感破裂。

不帶「不」字的拒絕方法

　　這種情況，日本式的拒絕多半說些「私にお声かけてくださり、本当にありがとうございます。しかし、今、私は他の仕事をかかえており、誠に申し訳ありませんが……」這類含糊其詞的話，儘量避免使用「駄目です／できません」等語詞，而採取讓對方自然察覺的表達。

　　有人說這叫「以心伝心」或是「察しの文化」。因為在日本這個不論風俗、觀念共有性都高的社會裡，存在著一種非語言溝通的風土民情。所以當和日本人溝通時，不光是言語，眼神與臉部表情都不容忽視。

よく使う表現

☆　日常会話で使う普通の断り方

①　すみませんが～もので……

　　▽悪いけど～もんで、……

　　△申し訳ありませんが、～もので……

②　すみませんが、ちょっと……

　　△申し訳ありませんが、ちょっと……

③　ちょっと考えさせてください

④　この件については検討させてください

☆　改まった会話で使う丁寧な断り方

⑤　日頃お世話になっている○○様に申し上げることは、誠に
　　心苦しいのですが、～もので

⑥　私でお役に立てることでしたら喜んでお引き受けしたいの
　　ですが、誠に残念ながら～もので

⑦　他ならぬ○○様のご依頼ですから、何とかお力になりたい
　　とは存じますが、お恥ずかしいことながら～もので

　　　　　　　　　　　　　♣

⑧　事情をご賢察の上、悪しからずご了解ください

⑨　何とぞご了承のほど、お願い申し上げます

☆ 日常會話中使用的一般拒絕方法

像①這樣說明原因讓對方察覺的拒絕方法較為一般性。在說明原因時，可以用「～ので」。不過大都用「～もので」。②是不想說出理由的說法。不過把原因說明白還是比較合乎禮貌。

對當場拒絕有些顧慮時可以用③～④來說。不過這種說法如果沒有看見對方的表情的話，是很難確定到底是拒絕，還是真的要考慮。

①對不起，因為我…（說明不能幫忙的原因）

②對不起不能幫你，因為有點事（不想說明原因）

③可否讓我考慮一下

④請給我點時間考慮

☆ 正式會話中使用的客氣的拒絕方法

⑤～⑦是非常客氣的拒絕方法。通常使用在商務會話及書信中，⑧⑨是在拒絕之後加上的常用語句。平常附加在書信裡。

⑤實在很難向你啓齒，況且你曾多次幫過我，但我實在是因為……
（說明無法幫忙的原因）

⑥我很樂意幫你，但因為…（說明無法幫忙的原因）

⑦對於你的請求我理應竭力相助，但實在不好意思，因為我…（說明無法幫忙的原因）

⑧請你諒解我無法幫你的苦衷

⑨請你原諒我無法幫你

☆　友人からの依頼を断る

級友♥：テープレコーダーを貸してもらえない？

アン♥：悪いけど、今、使っているところなの。一時間ぐらいで終わるけど、その後でいい？

級友♥：うん、いいよ。じゃ、その時、お願い。

アン♥：うん、わかった。

親しい友人間の会話でも、一言「悪いけど」とつけ加えた方がいいですね。「一時間で終わるけど、その後でいい？」という言葉で相手への配慮がされています。

婉拒朋友的請求

即使是很熟的朋友的對話，還是要加上一句「悪いけど」較好。說一句「一時間で終わるけど、その後でいい？」。能夠表達出自己為對方著想的心意。

テープレコーダー：卡式錄音機

〜ているところ：正在〜

☆　先輩からの依頼を断る

先輩♠：実はこの中国へ送る文書の翻訳を君に頼めないかと思って。

リー♠：先輩、ほんとうに申し訳ありませんが、あいにく、今、会社の仕事が立て込んでいるもので……。

先輩♠：そうか、それじゃ、しかたがないなあ。

リー♠：先輩のお役に立てなくて、すみません。

　「ノー」と言わずに断る典型的な会話です。最後の「～のお役に立てなくて、すみません」は、事情があってそうしたいができないときの気持ちを伝える言葉です。この一言があるかないかで、相手に与える印象はずいぶん変わります。

婉拒前輩的拜託

　　這是典型不說 NO 的拒絕方式。最後一句「～のお役に立てなくて、すみません」，表達出想幫忙卻身不由己的心情。別小看這句話，有沒有這一句給對方的印象差別很大。

あいにく：恰巧、湊巧

～が立て込む：繁忙、事情多

そうか：表了解

役に立つ：有助益

☆ 恩人からの借金の依頼を断る

恩人♠：先日、手紙でお願いした件なんだけど。

リー♠：ずいぶんお世話になっておきながら、こんなお返事をするのは、ほんとうに心苦しいんですが、私たちには百万円というのは大金で、とても力が及びません。妻とも相談したんですが、息子の高校進学とも重なっているもので、ご用立てする力がないんです。

恩人♠：そうか、……

リー♠：ほんとうにすみません。恥ずかしいことながら、私も相変わらずの安月給で、月々のやりくりで精一杯なんです。事情をお察しください。

恩人♠：わかった。無理なことを頼んで、こちらこそ悪かったね。

リー♠：お役に立てなくて、申し訳ございません。

恩人♠：ううん、そんなに気にしないでくれ。

◉「～から／～ので／～もので」はどう違う◉

　文法的には「～から」は後件で意志・推量などの文末表現が自由に使えますが、「～ので」「～もので」には後件に制約があるということでしょう。

　この章との関連で言えば、「～から」は主観的に理由を取り上げるので謝罪や断りの理由に使うのは不適切です。

　それで謝罪や断りの時の理由には「～ので」か「～もので」が使われるのですが、「～ので」は客観的に理由を説明するので感情は現れません。「～もので」は「～ので、しかたなく～」という語感を持っていて、日本人は「申し訳ない」という感情で理由を述べるときは「～もので」を多く使います。

このような依頼は実に断り方が難しいのですが、リー君の各所の言葉が相手への「申し訳ない」という気持ちを伝えています。こうした思いやりのある断り方が大切ですね。

婉拒恩人的請求

像以上的這種請求，實際上是很難拒絕的。我們可以從小李的言談中，處處感受到他對對方覺得不好意思的心情。事實上，體貼對方的拒絕方法是很重要的。

ずいぶん：十分，相當	～を用立てる：借～
～ておきながら：雖然事先…，可是…	安月給：微薄的薪水
心苦しい：過意不去，心裡不安	精一杯：費盡心力
とても～ない：根本無法…	～を察する：體諒
～と重なる：與…重疊	相変わらず：一如往常
月々のやりくり：每個月金錢的周轉、安排	

⦿「～から／～ので／～もので」到底有什麼不同？⦿

在文法上「～から」可以與表意志、推量的句尾一起使用，但「～ので／～もので」則受限於某些條件。

若與本章相關的角度來說，「～から」是主觀地舉出理由，所以不適合在謝罪或說明拒絕理由時使用。另外，謝罪或說明拒絕的理由時可以用「～ので／～もので」，但是「～ので」僅僅是客觀地說明原因並沒有表達出個人的感情。而「～もので」則讓人感覺有「～ので、しかたなく～」的意思在內，所以當日本人覺得愧疚地在解釋原因時，多半使用「～もので」。

☆ 依頼を断る手紙の例
－借金の連帯保証人の依頼を断る－

拝復　お手紙拝見いたしました。

　ご依頼のあった連帯保証人の件でございますが、家内とも相談いたしたのですが、結論から申し上げて、ご依頼にお応えすることができません。

　私どもも新居を購入したばかりでございまして、長期のローンを抱え、とても他の方の連帯保証人をお引き受けできる状態にないのが実情でございます。日頃お世話になっておきながら、こんなとき何のお役にも立てず、誠に我ながらふがいないのですが、どうか事情をご賢察ください。

　取り急ぎ、ご返事申し上げます。　　　　　　　　　　　敬具

　依頼を断る手紙は、「断る」という意志をはっきり伝えることが大切で、どちらにも取れるようなあいまいな書き方は、かえって後で問題を起こします。その際、断らざるを得ないような事情を挙げて、相手にも納得してもらうのが大切でしょう。もちろん、相手への思いやりを忘れてはいけません。役に立てないことを詫びるという姿勢が文面に現れていることが大切です。

婉拒當貸款保證人的書信範例

　　當以書信拒絕別人時，要清楚地傳達你「拒絕」的意志。要是寫得曖昧不清，往後反而有可能會發生問題。這種情況就得提到自己不得已回絕的原因，讓對方也能接受，這是非常重要的。當然也別忘了要替對方著想。重點是在文詞中要表現出自己幫不上忙的歉意。

借金：貸款

連帯保証人：貸款時所需之連帶保證人

拝復ー敬具：日文書信的開頭語及結尾語。一般開頭語為「拝啓」，
　　　　　　　回信時才用「拝復」

拝見する：拜讀

家内：謙稱自己的妻子

結論：結論

申し上げる：說、講的謙讓語

～に応える：應……

新居：新房子

～を購入する：購買～

長期のローン：長期的信用貸款

～を抱える：承擔～

～を引き受ける：接受～

実情：實際情況

日頃：平時

ふがいない：覺得不中用

ご賢察ください：敬請見諒

取り急ぎ：匆忙

課題会話

〈課題1〉級友からの借金の依頼を断る

級友♠：ねえ、ちょっと¹⁾＿＿＿＿があるんだけど。

あなた：何?

級友♠：実は母が病気で帰国しなくちゃならなくなったんだけど、

チケット代が足りないんだ。

それで、少し貸してもらえないかな?

あなた：²⁾＿＿＿＿、私もパソコンを買ったばかりで、今、手持ちの

お金が全然ないのよ。貸してあげられなくて、³⁾＿＿＿＿ね。

親しい友人であっても、やはり断る事情をはっきり述べ、「ご
めんなさい」の気持ちが伝わる断り方が必要でしょう。

婉拒同學借錢的請求

不管是多熟的朋友，把拒絕的理由交待清楚，並表達「對不
起」的心情是絕對必要的。

チケット代：機票錢

～た-ばかり：剛剛……

手持ちのお金：手頭上的現金

全然～ない：完全沒有～

〈課題1〉解答

1)→お願い　2)→悪いけど　3)→ごめん

〈課題2〉客の依頼を断る

お客♥：この子供服、先日こちらで買ったんだけど、ちょっと子供には小さかったの。ワンサイズ大きい物に換えてもらえないかしら。

店員　：あのう、誠に 1)＿＿＿＿が、一度お召しになった物はお取り替え 2)（できません／できないことになっております）3)（から／もので）……。

店員が、規則でできないと丁寧に断る場面です。規則を伝える言い方と、理由の表現に何を使うかが問題です。

拒絕客人的請求

　　這是一位店員說明不合規定並且拒絕的場面。問題在於怎麼解釋規定和如何說明理由。

ワンサイズ：單一尺碼

～を～に換える：將～換成～

～かしら：女性用語，表委婉地請求

お召しになる：「着る」的尊敬體

～を取り替える：更換～

～ことになっている：表規定

〈課題2〉解答

1)→申し訳ございません

2)→できないことになっております　　3)→もので

4 伝言の頼み方

✳ 学習者のハラハラ会話 ✳

☆ 取引先に電話、そして伝言する

リー♠：もしもし、〇〇商事の営業部でしょうか。

社員♥：はい、そうですが。

リー♠：私は〇〇企画のリーと申しますが、田中さんはおいでで
　　　しょうか。

社員♥：申し訳ございませんが、あいにく [1)]田中さんは席を外して
　　　おります。ご伝言があればお伝えいたしますが。

リー♠：では、お帰りになられ次第、〇〇企画のリーまで [2)]お電話
　　　くださいとお伝えいただけませんか。

♣

打電話給客戶並留言

あいにく：很不湊巧

席を外す：不在座位上

～次第：（接動詞連用形）立刻、馬上

耶！為什麼呢？

　　這是打電話給客戶並請對方幫自己留言傳話的場面。在對外應對時，對自己公司的人是不加敬稱稱呼。此外，請人留言傳話，有更適當的表達方式。

1)→田中

2)→お電話くださるよう（に）

【 重點提示 】 ∿∿∿∿∿∿∿∿∿∿∿∿∿∿∿∿∿∿∿∿

直呼上司名字的相對敬語

　　公司職員對外提到自己的同事或上司時，加「～さん」來稱呼是錯誤的。當客戶打電話來找公司裡的人，縱使是老闆也只能稱呼他的姓，例如：田中，而不能加「～さん」。比起公司內上下階級關係，更注重「內與外」的關係。所以在日語的敬語裡，對外為第一優先，這與以年齡身份來使用敬語有所不同。

用「～ように」來表請託及指示的引用

　　當傳話的內容是請託或指示的時候，有兩種引用方式。「～と」是直接引用對方說的話，而「～ように」則是間接地告知，語氣也較柔和。實際上，當傳話的內容是向對方請託時，幾乎都是用「～てくれる（→～てくださる）ように／～ないように」這種「～ように」的形態來表示。另外，在日本就算是指示部下也不太會說「李君に部長室に来いと伝えてくれ」。一般都說「李君に部長室に来るように伝えてくれ」。所以當打電話給客戶，希望對方幫你傳話的時候，用「～ように」才不會失禮。

　　電話を-してください＋と　　→-してくださる＋ように

　　電話を-しなさい＋と　　　　→-する＋ように

　　電話を-しないでください＋と→-しない＋ように

よく使う表現

☆　伝言を聞く

①　何か……／何か伝えておきましょうか

②　何か〔ご伝言があれば／おことずけがあれば〕お伝えしますが

③　何か〔お伝えすること／ご伝言／おことずけ〕がおありですか

☆　伝言を頼む

④　～と（→ように）伝えて-ください

　▽～と（→ように）伝えて-くれない？／くれ♠

　△～と（→ように）お伝え-ください／いただけませんか

　△～と（→ように）伝えて-いただきたいんですが／～と（→ように）お伝え-いただきたいんですが

☆　伝言の内容を伝える

⑤　～とのことです

　▽～と言っていたよ

　▽～とのことだよ／～とのことよ♥

　△～とおっしゃっていました／～とのことでした

　△～とのご伝言がありました

102

☆　問要不要留言

　　如果是朋友可以只說「何か用？」，但是在公司或正式場合，需要規規矩矩地應對，所以要好好記住②③這種有禮貌的說法。

①有什麼事要我轉告嗎？
②有事的話我可以幫您傳話
③您要留言嗎？

☆　拜託留言

　　④是拜託別人幫忙傳話的表達。雖然「伝える」可以用「～と言っておいてください」來代替，但是「伝える」還是比「言う」來得正式有禮。此外，當傳話的內容是請求、希望、指示時，用「～ように」感覺比較有禮貌。

④請幫我轉告他……

☆　傳達留言

　　⑤是將留言的內容傳達給本人的說法，但一般大都使用「～とのことでした」，而「～とのご伝言が－ありました／ございました」則爲更正式的說法。

　　「～と言っていた／～とおっしゃっていた」常用於與關係較親密的人的對話。

⑤（某人）要我轉告你～

☆ 電話での丁寧な応対と伝言

〈前置き〉

① 〔夜分遅く／朝早く／お休みのところを／お忙しいところ を……〕誠に申し訳ありませんが、○○〔さん／先生／課 長……〕はご在宅でしょうか

② そちら○○〔商事／銀行／支店……〕でしょうか。 すみませんが、○○〔さん／先生／課長……〕をお願いし ます

〈本人が不在の時〉

③ すみません。〔主人／妻／娘……〕は、今、〔不在で／留 守にしておりまして……〕……

④ 申し訳ございませんが、あいにく○○は、ただ今〔電話中 ／会議中で／外出中で／席を外しておりまして……〕……

〈伝言や用件を聞く〉

⑤ 何かお急ぎのご用件でしょうか

⑥ どんなご用件でしょうか

⑦ 何かご伝言があればお伝えしますが

☆ 電話應對禮儀與傳話

在商用會話中這些都是必修的項目。像如何使用敬語或電話應對的禮儀等。這些在公司裡都被當作職員教育的一部份。

〈引言〉

打電話到別人家時，①為常用的引言。而打電話到公司或團體時第一句話就是要使用②。

①抱歉〔這麼晚／這麼早／休息中／工作中〕打擾您，請問〔…先生／…課長〕在家嗎？

②請問這裡是〔…公司／…銀行／…分店〕嗎？

不好意思，可否請〔…先生／…老師／…課長〕聽電話？

〈本人不在時〉

當對方要找的人在，而要把電話轉給他時，可以說「ただ今電話を代わりますので、少々お待ちください」。當對方要找的人不在時，則常用③④的說法。

③不好意思，〔我先生／我太太／我女兒…〕現在不在家。

④不好意思，他〔正在聽另一支電話／不在辦公室／不在位子上…〕

〈詢問留言內容〉

問對方需不需要留言的問法跟前一頁一樣，不過⑤～⑦也很常用，要把它記下來。

⑤請問您有什麼急事？

⑥請問有什麼事嗎？

⑦我可以幫你傳話給他。

☆ 先生は不在、そこで伝言

アン♥：あのう、○○先生はいらっしゃいますか。

事務員：今、授業中ですが、何か急用ですか。

アン♥：いいえ、急用というほどのことではありませんが、

　　　　ちょっと……。

事務員：何か伝言があれば、伝えておきましょうか?

アン♥：はい。では、アンが昼休みにもう一度来るとお伝えくだ

　　　　さい。

　普通の伝言の表現ですが、「何か急用ですか」「いいえ、急用というほどのことではありませんが」というやりとりはよく使われるので、覚えておくと便利です。

老師不在時的留言

　「何か急用ですか」「いいえ、急用というほどのことではありません が」是一般留言的表現法，請謹記這二句話。

　不在：不在

　授業中：正在上課

　～ほどのことではない：稱不上什麼～事

106

☆　上司から部下への伝言

課長♠:　佐藤君はいる？

リー♠:　今、外出していますが。

課長♠:　そうか。だったら、帰り次第、部長室に来るように言っといてくれ。

リー♠:　わかりました。

　　　　……（佐藤君が戻ってくる）……

リー♠:　佐藤君、お帰り。あっ、そうそう、課長がすぐ部長室に来いって言ってたよ。

　課長は指示の内容を「〜ように」を使って表していますが、上司と部下の関係であっても依頼や指示の伝言は「〜ように」が普通です。「すぐ来いと言ってくれ」では命令の響きが強くなり過ぎます。なお、同僚間の会話であれば、「〜と言っていた」でもかまいません。

上司對部下留言

　　我們看到課長下指示的時候是用「〜ように」的型態來表示，不論是上司或部屬請人傳話時用「〜ように」是一般性的用法。如果用「すぐ来いと言ってくれ」，會讓人覺得命令的語氣太強烈。不過同事間彼此用「〜と言っていた」是無傷大雅的。

　　外出する：外出
　　〜次第：一〜馬上
　　〜といてくれ：(「〜ておいてくれ」的口語形・男) 拜託預先…
　　あっ、そうそう：啊，對了

107

☆　先生のお宅に電話、そして伝言

アン♥：もしもし、〇〇先生のお宅でしょうか。

奥さん：はい、そうですが、どちら様でしょうか。

アン♥：朝早く申し訳ございません。アンと申しますが、〇〇先
　　　　生はおいででしょうか。

奥さん：たった今、出かけたところですが、何か?

アン♥：実は明日中に大学の願書を提出しなければならなくて、先
　　　　生の推薦状がどうしても必要なんです。それでお電話を。

奥さん：ああ、そうですか。お昼過ぎには帰ってくると思います
　　　　が。

アン♥：では、その頃、もう一度電話するとお伝えいただけない
　　　　でしょうか。

奥さん：わかりました。帰ってまいりましたら、必ず伝えておき
　　　　ます。

アン♥：よろしくお願いします。では失礼いたします。

　個人宅に電話をして、伝言するときの典型的な会話例ですが、
この種の電話では敬語の使い方が一番大切になるでしょう。

打電話到老師家並且留言

　　這是個典型打電話到別人家請人傳話的用例。打這種電話在敬語使用上就顯得格外重要了。

　　お宅：府上

　　どちら様：哪一位

　　推薦状：推薦函

　　お昼過ぎ：過了中午

　　非正式場合的會話與正式場合的會話之區別。

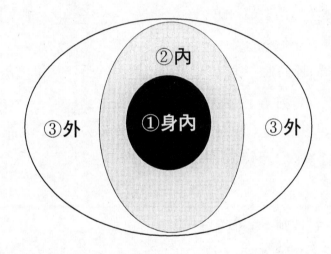

親族：家族、親朋好友、同事

　　　－使用口語普通體非正式會話

內：公司同事或學校同學等與自己同集團內的 人

　　　－對於上司或學長、學姊要使用夾雜敬語的謙讓體的會話。與

　　　　親朋好友則用口語普通體非正式的會話即可。

外：公司客戶及陌生人等與自己無關的人

　　　－較正式的會話要用敬語的謙讓體，例如：「ございます」

☆ 取引先へ電話、そして伝言

リー♠：もしもし、田中商事でしょうか。

秘書♥：はい、田中商事ですが。

リー♠：○○企画のリーと申しますが、木村専務をお願いしたいんですが。

秘書♥：申し訳ございません。木村はただ今会議中で、席を外せないんですが、何か急用でございましょうか。

リー♠：はい、先日ご相談した件で、連絡したいことがございまして。

秘書♥：左様でございますか、では、木村と連絡いたしますので。

リー♠：いえいえ、それには及びません。恐れ入りますが、専務が会議からお戻りになられたら、会社の方に電話をくださるようお伝えいただけないでしょうか。

秘書♥：○○企画のリー様ですね。確かに承りました。

…… （木村専務が帰ってきて）……

秘書♥：専務。少し前に○○企画のリー様からお電話がありまして、会社の方に電話してほしいとのことでした。

秘書♥：あ、そう。ありがとう。

◉ 日本人にとって名刺って何？ ◉

　日本人はビジネス以外でも広く初対面の人と名刺を交わす習慣があります。日本人にとってこの名刺は、お互いに連絡を取り合うときに便利だという実利的な意味の他に、実はもっと大きな意味を持っているようです。

　敬語や言葉遣いにうるさい日本社会ですから、相手の所属する会社名と役職などの肩書きを知ることはコミュニケーションする場合の最優先課題となります。その肩書きを見て相手との対人距離を測り、言葉遣いを決めなければなりません。ですから日本人は名刺に書かれている名前よりも肩書きに最初に目が向かいます。日本人にとって名刺は、相手をどのように待遇したらいいのかを「品定め」することに第一の意味があると言ってもいいでしょう。

典型的なビジネス会話例ですが、この種の「内⇔外」の電話では敬語の使い方が一番大切になります。また、秘書の言葉にもあるようにビジネス関係の伝言を伝えるときは「〜とのことでした」が一般的です。

電話留言給客戶

　　這是典型的商業會話例子，在這種「內外關係」的電話中，敬語的使用相當重要。在秘書用語裡，轉達商業關係的留言時，通常用「〜とのことでした」。

席を外す：離開座位

左様でございますか：是這樣的呀

〜には及ばない：不必

恐れ入りますが：實在不好意思

確かに承りました：「承諾する」的謙讓語，知道了

◉對日本人來說「名片」是什麼？◉

　　日本人除談生意外，跟初次見面的人也有交換名片的習慣。對日本人來說，名片不只是具有交換彼此聯絡方式的實際功用而已，它還有更大的意義。

　　在對敬語和遣詞用字極為挑剔的日本社會裡，知道對方所屬的公司以及其職稱是談話時最優先的課題。因此他們不得不看著名片上的職稱，來決定自己的遣詞用字。所以說名片上的職稱比名片上的姓名還吸引日本人的目光。換句話說；對日本人而言，名片的首要功能是評估如何對待對方。

課題会話

〈課題 1〉息子に妻への伝言

父親　：ちょっとお父さんは出かけるから、お母さんが帰った
　　　　ら、夕食までには帰ると [1]_____ [2] (いて／おいて) くれ。

息子♠：うん、わかった。

　　　　…… (お母さんが帰ってきて) ……

息子♠：お母さん。あのね、お父さんがちょっと出かけるけど、
　　　　夕食までには帰るって [3] (_____) よ。

　　家庭の中で伝言を頼むときには、「～と言っておいてくれ／～
と伝えておいてくれ」のように「～ておいて」が使われますから
覚えておきましょう。なお、「言っといて／言っといてくれ」の
ように「～ておいて→～といて」の口語形も多く使われます。

要兒子傳話給太太

　　在家裡要請人幫你轉達留言時，要說「～と言っておいてくれ
／～と伝えておいてくれ」。希望能好好記住。另外像由「～てお
いて→といて／～でおいて→どいて」轉變而成的「言っといて／
言っといてくれ」的口語說法也常使用。

　　～に出かける：出門

　　あのね：發語詞

〈課題 1〉解答

1)→伝えて／言って　2)→おいて　3)→言って (い) た

〈課題2〉取引先からの伝言を伝える

社員 ：部長、一時間ほど前、○○商事の田中[1] (さん／様) から
　　　　お電話があって、至急、相談したいことがある[2]_____。

部長♠: あ、そう。それで、どんな用件かおっしゃってた?

社員 ：いいえ、それは[3] (聞いと／伺って) おりません。

部長♠: うん、わかった。ありがとう。

　　取引先の人の名前には「様」をつけるのがマナーです。また、ビジネス会話では、伝言を伝えるときは「～とのことでした」が一番よく使われています。「～とおっしゃっていました」は敬語ですが、プライベートな伝言の場合が多いでしょう。

轉達客戶的留言

　　在客戶名字後面加上「様」是一種禮儀。在商用會話中，轉達留言時「～とのことでした」的使用頻率最高。「～とおっしゃっていました」多用於私人傳話的場合。

　　(数詞) ほど：表程度

　　用件：事情

　　～てた：〈て形＋た〉與「ていた」相同

〈課題2〉解答

1)→様　2)→とのことでした　3)→伺って

〈課題3〉こんな時、どう言いますか

ロールカード1

A：あなたのお母さんから、明日荷物が届く予定ですが、あなたは明日不在です。隣の人Bさんに代わりに荷物の受け取りをお願いしてください。

B：あなたはAさんから荷物を受け取って欲しいと頼まれましたが、事情を話して断ってください。

ロールカード2

A：あなたは取引先の田中さんと会う約束をしていましたが、約束の時間に行けそうもありません。電話でそのことを伝えて、時間を変更してもらってください。

B：あなたはAさんから電話を受けましたが、あいにく同僚の田中さんは今外出しています。どうしますか。

第三章　勧誘と招待編

　「誘う・招く」というのは機能的には同じですが、親しい友人を食事に誘ったりというようなものから、結婚式や会社設立の祝賀パーティーのような重要儀礼への招待まで、いろいろな場面があります。

　この章では誘いの殺し文句や、相手の気分を害さないような断り方など日常生活ですぐに役立つ表現を取り上げます。

勧誘與招待篇

　「誘う・招く」這兩個動作在機能上是相同的。有小至邀請親友吃飯，大至婚禮、公司成立的祝賀宴會重要禮儀的招待等各色各樣的場面。

　本章將提供如何邀請人以及不傷害對方的拒絕方法等有利於日常生活的各種表達法。

1 誘い方と断り方

❋ 学習者のハラハラ会話 ❋

☆ 上司を飲みに誘う

リー♠：課長、¹⁾今晩、お暇ですか。

課長♠：うん、特に予定はないけど、……。

リー♠：でしたら、²⁾僕たちといっしょに飲みに行きましょうか。

課長♠：すまん、ちょっと胃の具合が悪くてね。

リー♠：そうですか、残念です。

♣

☆ 邀上司一起去喝酒

すまん：「すみません」相同

胃：胃

具合が悪い：情況不好

残念（な）：可惜

♣

耶！為什麼呢？

　　這是下班後小李邀課長一起去喝酒的場面。小李好像對「～ましょうか」跟「～ませんか」的使用分不太清楚的樣子。還有，在邀上司的時候有更適當的說法。

1)→今夜、何かご予定がありますか

2)→みんなで飲みに行くんですが、課長もいかがですか

【重點提示】 ∞∞∞∞∞∞∞∞∞∞∞∞∞∞∞∞∞∞

對上司不可說「今夜、お暇ですか」

　　對同事或朋友說一聲「今夜、暇？」是可以的，不過要是對上司這麼說的話，肯定會遭白眼的。所以就算問的是同一件事，對上司或長輩還是要說「今夜、ご都合はいかがですか」或「今夜、お忙しいですか」來得比較妥當。

「～んですが、いかがですか」的用法

「～ましょう／～ましょうか」是在認爲對方也和你有相同期盼時使用的邀約用語。

　　李　：疲れたみたいですね。

　　百惠: ええ、ちょっと。

　　李　：じゃ、近くの喫茶店で少し休みましょうか。

　　百惠: ええ。

　　另外，當你不清楚對方的意向時，要用「～ませんか」來邀約。所以小李說「いっしょに飲みに行きませんか」是正確的。不過還有一個問題，那就是「～ましょうか」跟「～ませんか」通常都使用在邀約朋友或同事，所以對長輩或上司要用「～んですが、いかがですか」才是最好的說法。如果遇到交情特別好的上司也是可以說「課長、飲みに行きませんか」，不過要多熟才能這麼說就很難判斷了，所以還是把它當做例外好了。

117

よく使う表現

☆ 相手の都合の尋ね方
① 〔今夜／日曜日…〕、暇ですか／忙しいですか
 ▽ 〔今夜／日曜日…〕、暇？／忙しい？
② 〔今夜／日曜日…〕、何か予定がありますか
 ▽ 〔今夜／日曜日…〕、何か予定がある？
 △ 〔今夜／日曜日…〕、何かご予定がありますか
③ 〔今夜／日曜日…〕、都合はどうですか
 ▽ 〔今夜／日曜日…〕、都合はどう？
 △ 〔今夜／日曜日…〕、ご都合はいかがですか

☆ 誘うとき、招くときの表現
④ ～ませんか
 ▽ ～ない？／～ないか
⑤ ～ましょう（か／よ）
 ▽ ～（よ）う（か／よ）
⑥ ～でも－どうですか
 ▽ ～でも－どう？／どうだ（い）？
 △ ～でも－いかが？／いかがですか
⑦ ～んですが、どうですか
 ▽ ～んだけど、どう？／どうだ（い）？
 △ ～んですが、いかがですか

☆　邀約上司

以上都是問對方有沒有空的說法，不過①適用於朋友之間，一般對長輩要用有△印的句型。

①你（今晚／星期六）有空嗎？／有事嗎？

②你星期六有約會嗎？

③你（今晚／星期六）有沒有空？

☆　邀約的表達法

④⑤是邀約朋友同事的用法。「～ませんか」跟「～ましょうか」的分別在前面已經說過。至於「～ましょう（よ）」則是先挑明自己的意向並勸誘別人也這麼想的表達法，是比較強勢的邀約。又「～ましょうか」依音調的不同而有不同的意思，請特別注意。

行きましょ￣うか　　いっしょに～ましょうか〈邀約〉

行きましょ￣う￣か　　私が～ましょうか〈提議〉

⑥⑦則是以詢問對方的意思進行間接邀約的表達方式。邀請長輩、上司或對對方有所顧慮時使用⑥⑦的句型是很適當的。

④你想要～嗎？

⑤讓我們一起～。

⑥～如何？

⑦我正要～，你想加入嗎？

☆　誘いや招きを受けるとき

①　ええ、～ます

　　▽うん、～する

②　ええ、～ましょう

　　▽うん、～（よ）う

③　ええ、いいです

　　▽うん、いいよ

　　▽♥ええ、いいわよ

④　ええ、喜んで

⑤　ありがとうございます、ぜひ～たいと思います

⑥　はい、ぜひ。でも、よろしいんですか

☆　誘いや招きを断るとき

⑦　嫌です

　　▽嫌だ／嫌！

⑧　ごめんなさい。ちょっと～／ので

　　▽ごめん。ちょっと～んだ／♥の

⑨　ありがとう。でも、ちょっと～て／ので

　　▽ありがとう。でも、ちょっと～んだ／♥の

⑩　ぜひ～たいんですが、あいにく～て／もので

⑪　ありがとうございます。でも、残念ですが～て／もので

☆　　接受邀約時

　　朋友間的交情好到不需要客套時可以用①～③的用法，不過對長輩還是不要用較好。④～⑤則是受到上司或長輩邀請時積極地去接受的表達方法。

　　另外，還有像⑥「でも、よろしいんですか」這樣再確認的說法。不過這是要用在有點顧慮時。

①我願意。

②好呀！那我們…

③好呀！

④我很樂意

⑤謝謝！我很榮幸…

⑥我當然願意。不過真的沒關係嗎？

☆　　拒絕邀約時

　　⑦是很直接的拒絕方式，都在彼此的關係不需客套或是斷然拒絕時使用。一般都是像⑧⑨先道謝或道歉，然後再說明理由來回絕。不過不想說明原因時也可以用「すみません。ちょっと…」這樣含糊其詞地帶過。當對象是上司或是讓你有所顧慮的人時，⑩是一種習慣表達法。

⑦我不要！

⑧對不起，因為…

⑨謝謝你的邀請，但我…

⑩我很樂意，可是我…

⑪感謝您的邀約。

☆ **友人を映画に誘う**

山田♠: ねえ、百恵さん。映画のチケットが二枚手に入ったんだけど、見に行かない?

百恵♥: どんな映画なの?

山田♠: カンヌ映画祭で最優秀賞を取った○○って映画なんだ。

〈誘いを受ける〉

百恵♥: あっ、それ、私も見たかったの。もちろんいいわよ。何時にどこで待ち合わせる?

〈誘いを断る〉

百恵♥: ごめんね、その映画、私もう見ちゃったの。

山田♠: 残念だなあ。じゃあ、また今度。

___

百恵さんが使っているのは誘いを受けるときと断るときの常套表現です。

邀朋友看電影

百恵小姐所用的是接受邀約時及拒絶時的習慣表達法。

チケット：票

〜が手に入る：拿到〜

カンヌ映画祭：坎城影展

最優秀賞を取る：得到最佳優秀奨

〜と待ち合わせる：與…約見面

〜ちゃった：與「てしまった」同

残念（な）：可惜

☆　嫌だといったら嫌！

リー♠：今日は天気もいいし、どう、家族そろって公園に遊びに
　　　　行かないか。

良子♥：いいわね。じゃ、ひさしぶりにお弁当を作って、みんな
　　　　で出かけましょうよ。

リー♠：一平、お前はどうだ？

一平♥：僕は嫌だよ。テレビゲームやってた方が楽しいよ。

良子♥：そんなことを言わないで、行きましょう。

一平♠：嫌だといったら嫌！二人で行ってきたら？

　　　　親子の会話ですから、息子の一平は「嫌だ」と断っています。

說不要就不要

　　　　因為這是父子間的對話，所以當兒子的才敢直接說「嫌だ」。

家族そろって：家人一齊

弁当：便當

嫌（な）：不喜歡，不要

テレビゲーム：電視遊樂器

～といったら～：說…就…

☆　カラオケ大会に誘う

リー♠：山田、今度のカラオケ大会に、うちの課を代表して出な
　　　　いか。

山田♠：悪いけど、その日は都合が悪いんだ。

リー♠：そんなこと言うなよ。営業部で一番歌がうまい君が出て
　　　　くれなくちゃ、勝負にならないよ。

山田♠：そんなこと言われてもなぁ。

リー♠：みんな君に期待してるんだよ。そうそう、百恵さんがお
　　　　前とのデュエットで、今年こそ、どうしても優勝したい
　　　　と張り切ってたぞ。

山田♠：えっ？ 百恵さんがそんなことを？

リー♠：ね、出ようよ。これで断っちゃ男じゃないよ。

山田♠：しゃぁないなぁ、なんとか都合をつけるよ。

リー♠：よし、これで決まりだ。

─────────────────────

　なかなか「うん」と言ってくれない相手を、どうしたらいい
か、あの手この手の殺し文句を使います。

邀約參加卡拉 OK 大會

　　遇到死不肯點頭答應的人該怎麼辦？就只有無所不用其極地討好他了！

　　～を代表して：代表～

　　～なくちゃ：（「～なくては」的口語形）

　　勝負にならない：不能比賽

　　～に期待する：期待…

　　お前：你；對同輩及晚輩使用

　　デュエット：二重唱

　　～が張り知る：充滿幹勁

　　～ちゃ：（「～ては」的口語形）

　　しゃあない：沒辦法

　　都合をつける：安排時間

　　これで決まりだ：就這麼決定

◉ 誘いの殺し文句 ◉

　誘ったり招いたりするとき、相手が断りにくいように話を持っていくのはルール違反ではなくテクニックなのです。例えば、この会話の「君が出てくれなくちゃ、勝負にならないよ」や「みんな君に期待しているんだよ」のように、「あなたが主役です」と相手のプライドをくすぐるのも殺し文句です。

　更に最後の決め手は、「男じゃないよ」という一言でしょう。日本の男性は男意識をくすぐられると弱いという一般傾向（いいことかどうかは「？」）がありますから、これでもう断りきれなくなりました。

リー♠：課長、今度の祭日、何かご予定が入っていらっしゃいますか。

課長♠：ううん、別にないけど。

リー♠：僕たち営業部の若手連中で甲府にぶどう狩りに行こうって
　　　　話し合ってたんですが、課長もごいっしょにいかがですか。

課長♠：ぶどう狩りか、もうそんな季節になったか。

リー♠：課長もたまには息抜きが必要じゃないですか。

　「課長もたまには息抜きが必要じゃないですか」という一言は、相手をその気にさせる誘いのテクニックですね。

邀約上司採葡萄

　　「課長もたまには息抜きが必要じゃないですか」這句話是讓對方想要接受邀約的技巧。

別に～ない：沒什麼特別的
若手連中：年輕伙伴
ぶどう狩り：採葡萄
たまに（は）：偶爾
息抜き：休息，喘口氣

◉ **邀約的絕招** ◉

　　在邀約別人時講到讓他不好意思拒絕，並不是犯規而是一種技巧。譬如；在上面會話中「君が出てくれなくちゃ、勝負にならないよ」或「みんな君に期待しているんだよ」這些都是把他捧得像主角般的甜言蜜語。決定性的一擊就是「男じゃないよ」這句話。日本男人普遍只要拿不是男人這種話來刺激，馬上就不會那麼強硬了，因此也就不能推辭了。

☆ **作品展の案内状**

良子さん、お元気ですか。もう、ずいぶん会っていませんが、お子さんも大きくなったことでしょうね。

さて、趣味で絵を始めて、もう20年になります。そこで、今までの自分の足跡を振り返りながら、これからの自分の励みになればと、思い切って作品展を開くことにしました。

しばらくぶりにお会いしたいこともありますし、いかがでしょう、ご家族いっしょに遊びかたがたおいでになりませんか。では、お越しをお待ちしています。

日時　4月2日（金）～4月5日（日）

　　　午前10時～午後5時

会場　○○画廊

案内状も誘いの一種ですが、文例として参考にしてください。

邀約參加作品展

請帖也算是邀約的一種，請參考以上文例。

趣味：興趣　　　　　　　足跡：足跡

～を振り返る：回顧～　　励み：鼓勵

思い切って：果斷　　　　作品展：作品展覽

～かたがた：順便……　　おいでになる：來る・行く之敬語

お越し：大駕光臨

課題会話

〈課題1〉同僚を食事に誘う

A　　：ねえ、〇〇さん、いっしょにお昼ご飯を食べに¹⁾（行く→
　　　　＿＿＿）？

同僚♥：²⁾＿＿＿、＿＿＿わよ。それで、どこにする？

A　　：何が食べたい？

同僚♥：久しぶりに、うなぎが食べたいなぁ。

A　　：じゃ、駅前の〇〇屋に³⁾（する→＿＿＿）よ。
　　　　あそこには安くてうまいから。

同僚♥：そうね。そうしようか。

親しい同僚間の会話ですから、口語普通体が使われます。

邀約同事共餐

　　由於這是很熟的同事間的對話，所以使用口語普通體。

ねえ：發語詞

久しぶり：有一陣子了，好一段時間

うなぎ：鰻魚

うまい：好吃

〈課題1〉解答

1)→行かない　2)→うん、いい　3)→しよう

〈課題2〉釣りへの誘いを断る

知人：Ａさん、今度の日曜日、¹⁾＿＿＿＿＿＿？

Ａ　：いいえ、別に予定はありませんが。

知人：じゃ、いっしょに釣りに行き²⁾（ましょうか／ませんか）。もう船も予約してあるんです。

Ａ　：³⁾＿＿＿＿。しかし、残念ですが、私は船酔いしますので…。

知人：そうですか。それではしかたがないですね。

知人から日曜日に釣りに誘われましたが、理由を言って断る場面です。断るときの言い方に注意しましょう。

婉拒釣魚的邀約

這是個婉拒朋友邀約星期天一塊去釣魚的場面。好好注意是怎麼拒絕的喔！

〜てある：表動作結果的呈現

船酔いする：暈船

しかたがない：沒有辦法

〈課題2〉解答

1)→何か予定が入っていますか／何か予定がありますか

2)→ませんか

3)→ありがとうございます

2 招き方

❋ 学習者のハラハラ会話 ❋

☆　校長を正月のパーティーに招待する

学生　：今、お時間、よろしいでしょうか。

校長♠：うん、いいけど。

学生　：実は今度、正月のお祝いパーティーを開こうってことになっ
　　　　たんですけど、1)もし都合がよければ、ぜひ校長先生にも
　　　　参加していただきたいと思いまして。

校長♠：いいねえ。もちろん参加するよ。

学生　：では、当日2)待っています。

♣

邀請校長參加春節宴會

　旧正月：農曆新年

　お祝いパーティー：祝賀宴會

耶！為什麼呢？

　　上面的對話是要邀請校長參加春節宴會的場面。寫文章時文體
要一致，同樣地用敬體來講話時，首尾若不一致的話，會有不自然
的感覺。

1)→もしご都合がよろしければ

2)→お待ちしています

【 重點提示 】 ∞∞∞∞∞∞∞∞∞∞∞∞∞∞∞∞∞∞

會話也要「文體一致」

　　上面的對話用「今、お時間、よろしいでしょうか」非常客氣的敬語體開始講話，但是到了中途文體卻改變了。敬語體的正式會話似乎很困難的樣子。可是如果會話的文體不一致的話，聽起來會有怪怪的感覺，所以在正式的會話中要特別注意。

使用敬體是禮貌呢？或是隔閡呢？

　　日語中的敬語與其說是表敬意，不如說比較接近一種禮儀。其基準在於對方心理上的「內」與「外」的距離感。比如：「うちの人」是指自己的先生，「うちの会社」是指自己的公司。這個「うち」並非是「自己」，而是表示自己所屬的命運共同體。對不認識的人或外國人以及別公司的人等，屬於「外」的人都使用敬語，其原因是因為認為他們是「外」人。

　　常會聽到「在日本居住了10年，但很難被日本社會接受」的感嘆。這大概是因為無法突破「內・外」這道牆壁。在實際的會話中，跟日本人越親近，其所用語體就會有「敬語體→丁寧體→普通體」的轉變。所以你也要配合改變用字遣詞，不然無法填補心裡的溝痕。

☆　先輩の自宅に招かれる

先輩♠：もしよかったら、今度の日曜日、僕の家に遊びに来ない？

リー♠：喜んで。でも、せっかくのお休みの日に、おじゃまじゃあり
　　　　ませんか。

先輩♠：そんなことないよ。

リー♠：じゃ、お言葉に甘えて。それで、何時ごろ伺えばよろし
　　　　いですか。

先輩♠：そうだなあ、11時頃はどうだい。

リー♠：わかりました。

先輩♠：うん、待ってるよ。

　　　　……（先輩の家で）……

奥さん：何もありませんが、どうぞ召し上がってください。

リー♠：じゃ、遠慮なくいただきます。

奥さん：家内の料理、君の口に合う？

リー♠：ええ、とてもおいしいです。奥さんは料理がお上手ですね
　　　　え。

奥さん：まあ、リーさんはお口がお上手ね。でも、たくさん召し
　　　　上がってくださいね。

───────────────────────────────

　「喜んで、でもおじゃまではないですか」と遠慮した言い方を
していますが、これは目上から自宅に招待された時によく使われ
る表現です。

受邀到前輩家做客

　　很客氣地說「喜んで、でもおじゃまではないですか」，這是被長輩邀請到家裡作客時，經常使用的表達法。

せっかく：特意地

じゃま（な）：打擾

お言葉に甘えて：恭敬不如從命

～に伺う：拜訪～

～はどうだい：～如何呢

～を召し上がる：吃…（尊敬語）

家内：內人

口に合う：合口味

口が上手だ：會講話

⊙「何もございませんが、どうぞ」⊙

　　食卓には豪華な料理がたくさん並べてあるのに、「何もございませんが、どうぞ」と食事を勧められて戸惑う外国の方が多いようです。これは「あなたの口に合う料理は何もないかもしれませんが」という謙譲表現で、相手が目上の人や外国の人となると、余計にその気持ちが強くなります。これと同類のものとして「粗茶ですが、どうぞ」とか「つまらないものですが、どうぞ」などがあります。

　　また、それほどおいしくないと思っても日本人が「おいしいですねえ」とか「お料理が上手ですねえ」などと褒めるのを見て疑問に感じる外国の方が多いようですが、感謝の気持ちを表しているのであって、日本社会では一種のエチケットとなっています。

☆ 　先生を正月のパーティーに招待する

学生　：先生、お仕事中をすみません。

先生　：うん、何か用?

学生　：ええ、今度、お正月のお祝いパーティーを開こうってこ
　　　　とになったんですけど、もしご都合がよろしければ、ぜ
　　　　ひ参加していただきたいと思いまして。

先生　：それで、誰が参加するんだい?

学生　：ほとんどクラスの全員です。それぞれが国の料理を作っ
　　　　て、持ち寄ることにしたんです。

先生　：そうか、それはいいね。じゃぁ、その日を楽しみにしてるよ。

学生　：では、当日、お待ちしています。

担任教師を正月のパーティーに招待する場面です。

邀請老師參加春節宴會

上面的對話是邀請導師參加春節宴會的場面。

用：事情　　　　　　　　　　お祝いパーティー：祝賀宴會

～んだい：是…嗎?　　　　　それぞれ：各個

～を持ち寄る：帶過來　　　　～ことにする：決定～

～を楽しみにする：期待～

◉「沒有什麼好料理，請慢用」◉

　　餐桌上明明擺了很多豪華的料理，但卻說「何もございませんが、ど
うぞ」，外國人對此感到很困惑。這是「あなたの口に合う料理は何もな
いかもしれませんが」的謙讓法，如果對方是長輩或外國人，這種心情會
更強烈。其他同類的表達法有「粗茶ですが、どうぞ」、「つまらないも
のですが、どうぞ」等。

　　此外料理並不是很好吃，但日本人卻說「おいしいですねえ」或「お
料理が上手ですねえ」來稱讚。對此亦令很多外國人感到疑惑。這種表達
感謝的心情是日本社會中的一種禮節。

☆　結婚披露宴の招待状

　春光うららかな季節となりましたが、みなさん、お変わりありませんか。

　さて、私たちは日本語学校で知り合って五年になりますが、この度、結婚することになりました。

　お忙しいとは思いますが、私たちが新生活を始める記念の日に、ぜひともご出席くださいますようお願いします。

　私たちの一生に一度の晴れ姿、ぜひ見てください。心からお待ちしております。

　「結婚することになりました」については、自分たちの意志で結婚するのだから「～ことにする」が正しいのではないかという質問を多く受けます。日本人もフレンドリーな会話では「結婚することにした」と使いますし、それで自然なのです。しかし、日本では結婚は家と家が親戚になるということが重要な意味を持っていますから、公式の結婚披露宴の招待状では「～ことになりました」が使われています。

邀請參加結婚典禮

　　針對「結婚することになりました」這句話很多人提出質疑。因爲結婚是出自個人的意願，所以應該是「～ことにする」才正確。日本人對較熟稔的朋友也使用「結婚することにした」，但在日本社會裡結婚是兩家成爲親戚之事，具有很重要的意義。所以在制式的結婚喜宴請帖中使用「～ことになりました」這樣的表達法。

春光うららかな季節：春光明媚的季節　　　ぜひとも：務必

お変わりありませんか：無恙否　　　晴れ姿：身著盛裝

～ことになる：結果成爲……

☆ 結婚披露宴に教授を招待する

真理♥：あのう、結婚披露宴の招待状は受け取っていただけたで
しょうか。

教授♠：うん、受け取ったよ。君と佐藤君の結婚披露宴だから、ぜ
ひ参加したいんだが、あいにくその日は九州の方で学会が
あってね。急いで東京に戻っても、間に合いそうにないんだ。

真理♥：でしたら、遅れても結構ですから、ご列席いただけない
でしょうか。あのう、佐藤さんに電話を代わります。

佐藤♠：ごぶさたしています。佐藤です。教授、実は披露宴の後で
教授のゼミのみんなが集まって、内輪だけのお祝いのパー
ティーを開くことになっているんです。教授に参加して
いただけなければ、パーティーになりません。これはゼ
ミ一同からのお願いです。お忙しいとは存じますが、そ
こを何とかお願いできませんか。

教授♠：う～ん、そこまで言われてはねえ。

佐藤♠：教授、お願いします。

教授♠：わかった。なんとか都合をつけよう。

佐藤♠：ありがとうございます。

どうしても参加してほしいと思っている人には、まず招待状を送り、
相手に着いたと思うころ、再度電話で依頼するといいでしょう。

さて、学会があって行けないという教授に対して、「教授に参加
していただけなければ、パーティーになりません。これはゼミ一同から
のお願いです」など、「誘いの殺し文句」が使われています。

邀請教授參加結婚喜宴

　　對希望務必請參加的人，首先要送請帖。估計請帖已送達對方時，再次用電話邀請比較好。

　　還有對於因為要參加學會而不能參加的教授要用「教授に参加していただけなければ、パーティーになりません。これはゼミ一同からのお願いです」等請託用的說詞。

結婚披露宴：結婚喜宴

招待状：請帖

〜を受け取る：接受〜

あいにく：不湊巧

学会：學會

〜そうにない：沒有…跡象

〜ても結構だ：即使…也可以

〜に列席する：列席…

　ごぶさたする：久未問候

ゼミ：演習

内輪：內部

一同：一起

〜と存じます：認為…

何とか：設法

都合をつける：騰出時間

課題会話

〈課題1〉クリスマスパーティーに招く

A　♠：今夜、1)＿＿＿＿＿＿？

同僚♥：うん。空いてるわよ。何かあるの？

A　♠：今、男連中で話し合って、クリスマスパーティーを開こうっ
　　　　てことになったんだけど、○○さんも 2)（来る→＿＿＿＿）？

同僚♥：3)＿＿＿＿けど、誰が来るの？

A　♠：いつもの連中だよ。

同僚♥：なんだか代わり映えがしないわね。

　このような遠慮のない関係のフレンドリーな会話では「時間、
空いてる？」でかまいません。

邀請友人參加聖誕舞會

　　在不需要客套的親密友人間的會話中，以「時間、空いてる？」
來邀約也沒有關係。

　　クリスマスパーティー：耶誕舞會

　　連中：伙伴

　　なんだか：總覺得

　　代わり映えがしない：沒有什麼不一樣

〈課題1〉解答

1)→時間、空いてる　2)→来ない　3)→いい

〈課題2〉同窓会の案内状

みなさん、お元気ですか。「光陰矢の如し」と言いますが、卒業してからもう五年になりますね。

先日、クラスメートの数人が集まった折り、「みんなどうしているのかなあ」といろいろ話題になり、「この際、同窓会を開こうじゃないか」ということになりました。社会人ともなると何かとお忙しいとは思いますが、久しぶりに1)（会いましょう／会いません）か。なお、当日は○○先生も参加して2)（くれる→　　　）3)（ことにしています／ことになっています）。

つきましては、出欠のお返事を返信用のはがきにご記入のうえ、11月20日までに返送していただけるようお願いします。

同學會的邀請函

光陰矢の如し：光陰似箭

〜折り（に）：…的時候

同窓会を開く：開同學會

〜ともなると：如果談到…的話

何かと：各方面

つきましては：關於（上述的）這件事

返信用のはがき：回信用的明信片

〜を返送する：寄回〜

〈課題2〉解答

1)→会いません　2)→くださる　3)→ことになっています

〈課題3〉こんな時、どう言いますか

ロールカード1

A：あなたが好意を持っている女性Bさんをデートに誘ってください。

B：Aさんからデートに誘われましたが、あなたは他に恋人がいます。
　　Aさんを傷つけないように上手に断ってください。

ロールカード2

A：あなたはお世話になった上司のB課長を食事に招こうと思います。招待の手紙を書いてください。

B：Aさんから招待の手紙をもらいましたが、あなたはあいにく他の用事があっていけません。断りの手紙を書いてください。

第四章　お礼とお詫び編

　「ありがとう」というお礼の言葉はいつ聞いても気持ちがいい
ものです。

　さて、日本人は一度目はその場て、二度目は後日その人に会っ
たとき、改めてお礼を言う習慣があります。また日本人は「すみ
ません」という言葉を頻繁に使いますが、自分の非を認めて謝っ
ているとは限りません。

道謝與道歉篇

　無論什麼時候聽到「ありがとう」這句道謝話，都會令人高興。

　而日本人的習慣是在事發當時道謝外，在下次見面時再次向對
方道謝。此外；日本人也常說「すみません」，這句話並不只限用
於做錯事時的道歉。

1 お礼の述べ方

❋ 学習者のハラハラ会話 ❋

☆　久しぶりの訪問

良子♥：アンさん、久しぶり。元気だったの?

アン♥：ええ、まあ、なんとかやっています。（¹）＿＿＿＿＿）。

良子♥：うちに来たの、三か月ぐらい前だったかしら。²）（それから
　　　　／あれから）ずっと音さたなしだから、心配してたのよ。

アン♥：どうもすみません。

♣

久違的拜訪

　　なんとかやっている：還過得去

　　〜かしら：表示懷疑

　　音さたなし：沒有消息

耶！為什麼呢?

　　　這是安同學之前曾受邀在良子家用餐，經三個月之後再次拜訪
良子家時的場面。其中忘了說一句感謝上次受招待的話。

1)→先日は、ごちそうさまでした。

　　→先日は、ありがとうございました。

2)→あれから

142

【重點提示】 ∞∞∞∞∞∞∞∞∞∞∞∞∞∞∞∞

日本人會做兩次的道謝

　　接受他人的招待、照顧或收受禮物時，會向對方道謝，這是古今不變的禮節。但是，日本人除了在接受別人的恩惠時道謝外，在下次見面時還會再道謝一次。若在下次見面忘了說道謝的話，恐會被批評爲「沒有禮貌」「不知感恩」，而被同儕排擠。

　　安同學也許不了解日本人的禮儀，忘了說句「先日はどうもありがとうございました」而令良子覺得很失望。

鞠躬禮與「ありがとう」這句道謝語

　　「ありがとう」表感謝之意，簡單一句話便可使彼此的心意交流。向對方說一句「ありがとう」、對方一定會覺得自己幫了人而感到高興，下次也會很樂意再幫忙我們。也就是說「ありがとう」有肯定對方人格的含意。近年來日本人夫妻之間開始有不再向對方說「ありがとう」的傾向，這是有問題的。

　　此外，在說「ありがとうございます」的同時，也要輕輕地鞠躬行禮。沒有鞠躬行禮的「ありがとうございます」就不能成爲感謝用語。

よく使う表現

☆　お礼の言葉

① 　（どうも）ありがとうございます

　　▽（どうも）ありがとう

　　▽どうも……

② 　～てくださって、ありがとうございます

　　▽～てくれて、ありがとう

③ 　どうもすみません

　　▽どうも……

　　△どうも申し訳-ありません／ございません

④ 　いろいろお世話になりました

⑤ 　心から感謝しております

⑥ 　お礼の言葉もございません

☆　二度目のお礼の言葉

⑦ 　〔先日／この間／その節…〕は、どうもありがとうございました

　　▽〔先日／この間／その節…〕は、どうも……

⑧ 　〔先日／この間／その節…〕は、けっこうなものをいただきまして……

⑨ 　〔先日／この間／その節…〕は、いろいろお世話になりまして……

☆　道謝語

「ありがとう」這句話最廣被使用。雖然有時也用「すみません」來表達感謝之意。可是通常較多使用在受到別人的幫助或受惠後，內心感到過意不去時。

　①是受到對方的援助或指導時表感謝的說法。②③則主要是寫信時表感謝的用語或在正式場合中的說辭。

①非常謝謝您

②謝謝您幫我…

③感謝您

④承蒙您多關照了

⑤由衷感謝您

⑥不知要如何感謝您

☆　第二次的道謝語

　關係親密的話，說句「先日／この間はどうも」就可以了。此外，「先日」比「この間」較為正式的說法。以時間性來說「その節」比「先日」表達更以前的時間。故較常使用在正式的會話或書信中。

⑦〔前幾天／前些時候／那個時候〕謝謝您了。

⑧〔前幾天／前些時候／那個時候〕謝謝您送了那麼好的東西。

⑨〔前幾天／前些時候／那個時候〕承蒙您多關照了。

応用会話例

☆ 病気見舞いのお礼を言う

リー♠：この間は忙しい中を見舞いに来てくれて、ありがとう。
　　　　今日やっと出社できたよ。

山田♠：体の方はもういいの? もっとゆっくり休めばよかったのに。

リー♠：ありがとう。でも、もう大丈夫だから。

山田♠：だったらいいけど、無理はしない方がいいよ。サラリー
　　　　マンは体が元手だからね。

　リー君が病気見舞いにきてくれた山田さんにお礼を言う場面で
す。親しい同僚なので、「ありがとう」で十分です。

對探病的感謝語

　　　上面是小李向前來探病的山田先生道謝的場面。因為是感情很
好的同事，所以用「ありがとう」就可以了。

　　忙しい中を：百忙之中

　　〜ばよかったのに：…做就好了，可是…

　　無理をする：勉強

　　サラリーマン：上班族

　　体が元手：健康是本錢

☆　おごってもらったお礼を言う

リー♠：先輩、先日はどうもごちそうさまでした。

先輩♠：いやいや。

リー♠：いつもおごってもらってばかりでは申し訳ありませんか
　　　　ら、今度は僕におごらせてくださいよ。

先輩♠：気にすることないよ。

リー♠：いいえ、それでは僕が困りますよ。

　おごってもらったお礼を言う場面です。先輩へは、「ありがと
うございました」「ごちそうさまでした」のように丁寧な言い方
が必要です。

受請客的感謝語

　　這是感謝前輩請客的對話場面。因爲對象是前輩所以要用「あ
りがとうございました」「ごちそうさまでした」較爲客氣。

　　〜て-ばかりだ：淨是

　　〜に〜をおごる：請客，請（某人）吃飯

　　〜（さ）せてください：請讓我…

　　気にする：介意

　　〜ことはない：不需要

☆ 先生に大学合格のお礼を言う

アン♥：先生、合格しました。誰よりも先に先生にお知らせしたくて。

先生♥：おめでとう、ほんとうによかったわね。

アン♥：ありがとうございます。志望校に合格できたのは先生の
　　　おかげです。

先生♥：ううん、あなたが努力したからよ。

アン♥：いいえ、先生のご指導がなければとても無理でした。こ
　　　れ、心ばかりの物ですが、受け取っていただけませんか。

先生♥：ありがとう。でも、ごめんね。気持ちだけいただいとくわ。

アン♥：でも、せっかく買ってきたんです。受け取っていただけ
　　　ないと困ります。

先生♥：う〜ん、じゃ、いただいとくわね。でも、こんなに気を
　　　使ってくれなくてもよかったのに。

◉「つまらない物ですが、どうぞ」◉

　お礼の品を差し出すとき、欧米の方は少なくとも「つまらない物です
が」とは言わないですね。これは目上の人や地位が上の人に物をおくる
ときに使われる謙遜表現で、受け取る相手が遠慮しないように配慮した
言葉なのです。ただ、最近では「つまらないものですが」よりも「心ば
かりの物ですが」の方が多く使われるようになりました。

　また、相手が最初は遠慮して贈り物を受け取ろうとしないことが多く
あると思いますが、決して断っているわけではありません。一度は遠慮
して断るのが日本人の習慣なのです。ですから、「それでは私が困りま
す。是非受け取ってください」ともう一度すすめれば、たぶん受け取っ
てくれるでしょう。

大学に合格したお礼を先生に言う場面です。「〜おかげで／〜おかげです」は、このような場合に必ず使われる表現です。

また日本人はお礼の品を差し出されたとき、一度は遠慮しますから、どう言って受け取ってもらうかがポイントです。

考上大學向老師感謝

上面是安同學考上大學向老師道謝致意的場面。在這種情形一定要用「〜おかげで／〜おかげです」。

此外，日本人收受謝禮時，會因客氣而不會馬上收下，所以要如何說才能讓對方收下是個訣竅。

〜おかげだ：托（某人的）福

心ばかりの物：略表心意的禮物

〜を受け取る：收下〜

せっかく：特意

〜とく：（「〜ておく」的口語形）預先…

気を使う：費心機，操心

◉**這是不值錢的東西，敬請收下**◉

送禮時，歐美人不太會說「つまらない物ですが」。這句話一般用於送禮給長輩或地位較高的人的謙遜表現，是希望收禮的人不要覺得不好意思。然而最近「心ばかりの物ですが」用得比「つまらないものですが」多。

此外，對方因客氣而婉拒收禮的情形很多，但他們並不是有意拒收。而是日本人的習慣是一開始會客氣而拒收。因此此時再追加一句「それでは私が困ります。是非受け取ってください」的話，大部分的人就會收下了。

☆　お礼の手紙

○○○○様

先日はお招きいただき、ほんとうにありがとうございました。

日本に嫁いでからもう六年が経ちました。しかし、あのような温かいおもてなしを受けたのは、私にとって今回が初めてでした。

特に私は、あのいただいたお野菜の味が、今も忘れられません。香りがあって、甘みがあって、こんなおいしい野菜があったのかと驚きました。「うちの畑でとれた野菜だ」とご主人がおっしゃっておられましたが、きっと心を込めてお育てになったのだろうと思います。

どうお礼を言ったらいいのか、私のつたない日本語では表し切れませんが、ほんとうにありがとうございました。ご主人様にもよろしくお伝えください。

◉心を打つお礼の手紙◉

　日本人と結婚したある中国女性が近くの農家に招待されて、接待を受けました。家に帰って早速お礼の手紙を書きました。そこには人参やなすびなど野菜がとてもおいしかったことや、親切なもてなしへの感謝の言葉が書かれていました。すると、その農家から自宅に電話がかかってきたのです。「こんなに喜んでいただいて、ほんとうにありがとうございます。私たち農家は作物を褒めていただけるのが一番うれしいんです」と逆にお礼を言われたのです。

　それでどうなったと思いますか。何か作物がとれる度にその農家からは野菜がどさっと送られてくるようになったのです。そして、その農家とは家族同然のつきあいが始まったとか。日本人にとって、お礼の手紙ほど心を打つものはないのです。

これはある中国女性が書いたお礼の手紙の実例です。

道謝函

　　上面是一封中國女性寫給友人的道謝函的實例。

～に嫁ぐ：嫁到…

温かいもてなし：溫馨的款待

香りがある：香味四溢

心を込めて：真心實意

つたない：不高明

（表し）切れない：表達不盡

～によろしくお伝えください：請幫我向（某人）問好

◉一封打動人心的道謝信◉

　　一位嫁到日本的中國女性受邀約到鄰近農家用餐，回家後立即寫了一封道謝信。信中感謝農家準備了好吃的胡蘿蔔及茄子等蔬菜、以及熱情的招待。農家收到信之後，打電話回謝她說；「こんなに喜んでいただいて、ほんとうにありがとうございます。私たち農家は作物を褒めていただけるのが一番うれしいんです」。（受到您那樣的喜愛真是感謝，我們農家能得到對農作物的誇獎是最高興）

　　您可知道後來發生什麼事？每當農作物收成時，農家就送一堆蔬菜給這位中國女性，兩家形同家人般相處。對日本人來說沒有比道謝信更能打動人心的了。

課題会話

〈課題１〉三年ぶりに恩師に会って

A ：¹⁾＿＿＿＿＿しています。先生、お変わりありませんか。

先生♥：²⁾＿＿＿＿＿。それにしても、〇〇さん、久しぶりねえ。最後に会ったのはいつだったかしら。確か……

A ：三年前の三月です。先生が私たちのためにお宅で卒業パーティーを開いてくださいました。³⁾＿＿＿＿＿は、ほんとうにありがとうございました。

---

1)2)は久しぶりに会ったときの決まり文句です。3)は丁寧な会話や手紙で使われる表現ですが、三年前では「この間」は使えません。なお、「お変わりありませんか」は「お元気ですか」より丁寧なので、目上の人にはこちらを使った方がいいでしょう。

再見睽違三年的恩師

1)2)是久違重逢時的常用語。3)經常使用於正式的對話或書信中，但三年前，不可以用「この間」。還有「お変わりありませんか」比「お元気ですか」更有禮貌，所以對長輩應使用「お変わりありませんか」比較好。

ごぶさたする：久未問候
お変わりありませんか：一切安然無恙嗎？
それにしても：儘管如此
確か：確實

〈課題１〉解答
1)→ごぶさた　2)→おかげさまで　3)→その節

〈課題2〉卒業式でのお礼のスピーチ

　私が無事に卒業できましたのも、これもすべて先生方の ¹⁾＿＿＿＿です。心からお礼申し上げます。

　思えば私は決していい学生ではありませんでしたし、特に進学のことでは、最後まで先生方にはご心配を（かける→お ²⁾＿＿＿＿しました）。

……（中略）……

　私は日本に来たときの夢を大切に、これからも歩いていこうと思います。そしていつの日か、もっと大きくなって、また先生方と（会う→お ³⁾＿＿＿＿したいです）。ですから、「さようなら」は言いません。

　ほんとうにありがとうございました。

畢業典禮上的感謝辭

　無事（に）：安然無事、平安

　（先生）方：（敬語）表複數：們

　思えば：回想

　心配をかける：讓您擔心了

　いつの日か：不知何時

〈課題2〉解答

1)→おかげ　2)→かけ　3)→会い

2 お詫びの述べ方

❋ 学習者のハラハラ会話 ❋

☆ アルバイト先で客と口論になって

店長♠：どうしてお客様と口論するようなことをしたんだい?

アン♥：(¹_____)。お客様があまりに失礼なことをおっしゃった²⁾から、それに抗議したら、「生意気な店員だ」と口論になって。

店長♠：困ったことをしてくれたな、お客様は神様だってことを忘れたのか。

♣

打工中與客人發生爭執

口論する：口角、爭論

生意気（な）：傲慢自大

お客様は神様：顧客至上

～ってこと：＝～ということ 說是…，叫做…

♣

耶！為什麼呢？

在上面的場面中，安店員忽略了一句日本人做錯事時必說的。而且在道歉時，不應該使用「～から」。

1)→どうもすみませんでした

2)→ので

154

【重點提示】 ∞∞∞∞∞∞∞∞∞∞∞∞∞∞∞∞∞∞

「すみません」這句話是潤滑劑

大部分的歐美人在認爲自己的主張並沒有錯時，並不會說「すみません」，而是馬上主張自己的正當性。

可是日本人即使認爲自己的主張並沒有錯，仍會覺得給對方（＝店長）添麻煩了，所以會先向對方說一聲「すみません」，然後再開始解釋自己的理由。而這句「すみません」有防範對方可能產生不愉快或生氣的功能，也可以說是人們溝通的潤滑劑。所以日本人在反駁或辯解之前一定會先說聲「すみません」。

道歉時不可用「から」

安店員在這地方又弄錯了，錯在說了「お客様が失礼なことをおっしゃったから」這句話。

舉例來說，爲遲到而道歉時說「JRで故事があったから遅れました」，這句話的含意爲「是JR造成的過錯與我無關」。因爲「～から」是用於強調理由，如果用在陳述道歉的理由，會產生事不關己的語感。所以道歉時還是使用「～ので」或「～もので」較爲恰當。請謹記！

よく使う表現

☆ 一般的なお詫びの言葉

① （どうも）ごめんなさい。

▽ごめん（ね）。

② （どうも）すみません。

▽すまん／すまない。

③ （どうも）申し訳ありません。

▽申し訳ない。

△申し訳ありません／申し訳ございません。

④ （どうも）失礼しました。

▽失礼！

△失礼いたしました。

☆ 丁重なお詫びの言葉

⑤ どうかお許しください。

⑥ 心より（から）お詫びいたします。

⑦ 誠に申し訳なく思っております。

⑧ 誠に遺憾に存じます。

☆　一般的道歉語

　　彼此關係很親密的話，最坦率的道歉語是「ごめんなさい」。
「すみません」或「申し訳ありません」雖然也是道歉語，但除了
道歉之外，也有表示請託或解釋理由之前置詞等語意。且在反駁對
方意見之前也常使用「すみませんでした。しかし……」，所以不
單只限用於道歉。

　　④「どうも失礼しました」則是在對別人做了失禮的事時使用。

①對不起
②很抱歉
③實在非常抱歉
④對不起

☆　慎重的道歉語

　　⑤是用於害對方蒙受巨大損害或嚴重失誤而道歉時。⑥⑦則常
用於書信中的文章體及正式的道歉。⑧是政治家最常用的字眼，「遺
憾」含有「事情會演變成這樣子真令人遺憾」的意思，責任歸屬語
意不明。

⑤敬請原諒
⑥由衷感到抱歉
⑦誠心道歉
⑧實感遺憾

☆ 約束の時間に遅れて

佐藤♠：ごめん、ごめん、遅れちゃって。

真理♥：三十分も待ってたんだよ。そっちから誘っといて、信じられない！

佐藤♠：ごめん、ごめん、お詫びに何かうまいものをおごるから、機嫌を直してよ。

こんなときは「ごめん」が一番いいですね。親しい間柄では「すみません」は使われません。

約會遲到

　　在上面的狀況中用「ごめん」是最適合不過了。親密關係間無需使用「すみません」。

ごめん：對不起

～ちゃう（→ちゃって）：完了

～とく（→といて）：預先…

お詫び：道歉，賠罪

～をおごる：請客

機嫌を直す：息怒

☆　妻に帰りが遅いのを咎められて

良子♥：夕べはずいぶん遅かったわね。

リー♠：ごめん、会社のつきあいで。

良子♥：会社のつきあい？便利な口実ね。遅くなるならなるで、
　　　　電話の一本ぐらいくれたってよかったんじゃない？

リー♠：ごめん、ついうっかりしてたんだ。

良子♥：ほんとうに会社のつきあいかどうか、わかったもんじゃない
　　　　わ。

リー君はひたすら謝るしかないですね。夫婦間では「すみません」は使われません。

妻子叱責丈夫晚歸

　　小李一味認錯。然夫妻間無須用「すみません」這麼客氣的說法。

～を咎める：責備

夕べ：昨晩

会社のつきあい：公司應酬

口実：藉口

～なら～で：若是…

～くらい：那麼點（表示不值一提的程度）

～たって：即使

つい：不知不覺地

うっかりする：不留神

～もんじゃない：誰曉得

159

☆ 言い訳は見苦しい

課長♠：今日もまた遅刻か、いったいどういうわけなんだ！

山田♠：すみません。事故でJRが遅れたもので……。

課長♠：言い訳は見苦しいよ。そんなにしょっちゅうJR事故があ
　　　　るわけがないだろう。

山田♠：はい、ほんとうに申し訳ありませんでした。

　遅刻して課長から叱られる場面です。謝るときは「〜もので」が一
番いいのですが、何度も遅刻しているようでは効果はありません。

不高明的藉口

　　　這是因上班遲到被課長責罵的場面。雖說道歉時用「〜もので」
來解釋遲到的理由是適當的，但遲到太多次也會沒效用的。

いったい：究竟，到底

どういうわけ：什麼緣故

〜もので：申述理由時用的語詞

言い訳：藉口

見苦しい：丟臉

〜わけがない：沒這回事

☆ 知らなかったこととは言え、失礼しました

店員♠：ちょっと、そこのおじさん、邪魔だからどいてくれない？

店長♠：馬鹿者！この方を誰だと思ってるんだ。本社の専務だぞ。

……（専務に向かって）……

専務、誠に失礼しました。

専務♠：どんな社員教育をしてるんだね、君は。

店長♠：誠に申し訳ございません。今後このようなことはないように

いたしますので。

店員♠：知らなかったこととは言え、ほんとうに失礼いたしました。ど

うかお許しください。

どのような人か知らず、うっかり失礼な言葉を使ったとき、どう謝る
か。この「知らなかったこととは言え、誠に失礼しました」はそのまま
覚えて使いましょう。

雖說不知道，但還是失禮

對於不認識的人不小心說了不禮貌的話的時候，該怎麼道歉呢？就
把這句「知らなかったこととは言え、誠に失礼しました」背起來就好了。

おじさん：大叔

邪魔（な）：妨礙，打擾

馬鹿者：笨蛋

社員教育：職員教育

～ようにする：表示願望、請託、注意

～とは言え：雖說

☆　娘による交通事故を詫びる手紙

急啓　この度は娘が運転する車がお宅のお嬢様に傷害を負わせてしまい、親として身の縮む思いでおります。誠に申し訳ございませんでした。

　娘はお宅のお嬢様が突然横道からとび出してこられたため避けることができなかったと泣いて申しておりましたが、これもまた娘の運転技術の未熟さから起こったものと、深く反省しております。

　つきましては、お嬢様の治療費など、私どもで責任を持って対処させていただく所存です。また親として娘の不始末については、できる限りの償いはいたしたいと存じております。何とぞご寛恕を賜りますよう、伏してお願い申し上げます。

　なお近々、娘ともどもお詫びに参上いたしますが、まずは書中にてお詫び申し上げます。　　　　　　　　　　　　　　　　不一

　これは被害者側に送られた父親名の詫び状です。このような手紙は、「急啓」などとして、すぐに主文に入り、誠意を込め謝罪します。謝罪の時機を失すると、修復不可能な事態を招きます。

◉日本示談社会と詫び状◉

　日本では子供の不始末も親の責任と考え、親も相手にお詫びします。同様に、部下の不始末であっても取引先に迷惑をかけたり損害を与えたときは、本人が所属する部署の責任者名で、公的な詫び状である「始末書」を送るのが通例です。暗黙の連帯責任構造と言えるでしょう。

　日本では訴訟で解決するのは最後の手段と考えられていますし、訴訟することを「事を荒立てる」と避ける精神風土が存在します。ですから、交通事故による傷害事故のような場合も、示談で解決するのが普通する。「和」重視の日本社会の特徴と言えるでしょう。

女兒肇事對受害者的道歉信

　　這是一封車禍肇事者的父親寫給受害人的賠罪信。這封信的開頭語寫了「急啓」之後馬上進入主題，可見是非常有誠意要道歉的。若錯失賠罪的時機，將可能造成不可挽救的後果。

傷害を負わせる：致使受傷　　身の縮む思い：心裡惶恐萬分

～を避ける：躲避　　　　　　運転技術：開車技巧

未熟さ：不熟練　　　　　　　～を反省する：反省～

つきましては：因此　　　　　治療費：醫療費

～に責任を持つ：負起～責任　～に対処する：應付

～所存です：想法　　　　　　娘の不始末：女兒的闖禍

償いをする：補償，贖罪　　　何とぞ：敬請

ご寛恕を賜る：蒙賜寬恕　　　伏して：衷心地

～に参上する：拜訪～

⦿日本和解文化與道歉信⦿

　　在日本國內小孩子闖禍，父母連帶有責任，父母也要向對方道歉。同樣的，如果是屬下的過失造成客戶的麻煩或損失時，需以當事人所屬的部門負責人之名，遞送公開的道歉信－「悔過書」是一種慣例。這可以說是沈默的連帶責任關係。

　　在日本解決問題最終的手段才是訴訟，因爲有彼此盡量避免將事情鬧大的觀念。所以因交通事故而造成的傷害糾紛，以和解的方式來解決是相當普遍的。從這點也可以看到重視「和」的日本社會。

課題会話

〈課題 1〉駐車できないと注意されて

管理人：あのう、この公園内は駐車禁止なんですが。

A　　：1)＿＿＿＿＿＿。知らなかったもので。

管理人：いいえ、どういたしまして。

A　　：2)＿＿＿＿＿が、近くに車が止められるところをご存じないで
　　　　しょうか。

管理人：駅前に有料の駐車場があったと思いますが。

A　　：そうですか。どうも、3)＿＿＿＿＿＿。

　公園の管理人から駐車禁止だと注意されました。1)~3)は日常
生活で交わされる挨拶言葉ばかりですが、確かに「すみません」
という言葉は色々な場合に使われますね。

被警告禁止停車

　　這是公園管理員警告遊客，禁止停車的對話。雖 1)~3)是日常
生活用語，但「すみません」常被使用在各種不同的情況中。

　駐車禁止：禁止停車　　　～もので：申述理由時之用詞

　ご存じない：您不知道　　駐車場：停車場

〈課題 1〉解答

1)→すみません　　　2)→すみません

3)→すみませんでした／ありがとうございました

164

〈課題2〉クラスメートとけんかをして

先生♥：どうして〇〇君とけんかをしたの?

A　　：¹)_____。でも、最初に手をあげたのはあっちです。

先生♥：〇〇さんはあなたがみんなの前で「発音が変だ」と馬鹿に

　　　　したからだと言ってたけど。

A　　：確かにそう言いましたけど……。

先生♥：言葉が人を傷つけることもあるのよ。

A　　：私も悪かったと思います。どうも²)_____。

　　けんかをして、先生に叱られている場面です。自分にも言い分
があるのですが、反論する前に最初の一言を忘れないで。

與同學吵架

　　　上面是同學打架而被老師責罵的場面。雖然自己有打架的理
由，但在辯解之前不要忘了要先說必要的第一句話。

　〜とけんかをする：與（某人）打架

　手をあげる：舉手

　〜を馬鹿にする：瞧不起人

　確かに：的確

　〜を傷つける：傷害

〈課題2〉解答

1)→すみません　2)→すみませんでした

〈課題3〉こんな時、どう言いますか

ロールカード1

　帰国後のパーティーの席で、在日中にお世話になった方々にお礼のスピーチをしてください。

ロールカード2

A：飛行機の中で、あなたは隣の席の人の膝にコーヒーをこぼしてしまいました。その人の服は汚れてしまいました。どうしますか。

B：飲み物をこぼされたあなたは、そのときなんと言いますか。

166

第五章　意向と希望編

　日本人自分の意向や希望をはっきり述べないとよく言われます。はっきりした意志表示を避けたがる傾向が日本人にあるのは事実ですが、それは個人の意志よりも所属団体の調和を重んじる国民性によるものかもしれません。そこには他の言語とはかなり違った意向や希望の表現の世界がありますから、それをのぞいてみましょう。

意向與希望篇

　　眾所皆知日本人不會明確表達自己的意向或希望。而日本人也確實是有避免明確表示意向的傾向。這也許是他們的國民性比較重視團體的和諧吧！因此表達意向或希望的方式和其它的語言不同，讓我們一窺究竟吧！

1 自分の意向の述べ方

✿ 学習者のハラハラ会話 ✿

☆ 上司の意向を尋ねる

リー♠：明日の会社の親睦ボーリング大会に ¹⁾参加するつもりですか。

課長♠：そのつもりだけど、君は?

リー♠：もちろん参加するつもりです。実は、その後みんなでカラオケ
　　　　に行こうという話になっているんですが、課長も ²⁾行きたい
　　　　ですか。

課長♠：う～ん、どうしようかなぁ。

♣

詢問上司的意向

親睦ボーリング大会：聯歡保齡球比賽

カラオケ：卡拉 OK

～かなぁ：（自問）表不確定

♣

耶！為什麼呢？

上面是詢問公司上司是否有意參加公司活動的場面。小李的詢
問方式如果是用英語或中文都行得通，但用日語的話，在表達方式
上有很大的問題。

1)→参加なさいますか

2)→ご一緒にいかがですか

【重點提示】 ∽∾∽∾∽∾∽∾∽∾∽∾∽∾∽∾∽∾∽∾∽∾

不明確表態的日本人？

　　一般來說，日本人很少會用「～つもりです」「～たいです」來明確表示自己的意志。所以常讓外國人認為「日本人表達意志很模糊」。當陳述意向或希望時，常加上「～が／～けれども」，如「～たいと思っているんですが……」「～（よ）うと思っているんですけど、……」這樣的句型，意謂「也許無法做到 也說不定」。這種重視自然法則勝於人為，重視全體的「和諧」勝於自己的意向，是日本長久以來的傳統。

對上司不可使用「～たいですか」

　　向關係親密的人詢問意向或希望時用「～つもりですか」「～たいですか」就可以了，但是不能直接向長輩這樣詢問。因為如果被下屬用「～つもりですか」「～たいですか」來詢問，多半日本人會覺得對方踐踏了自己的地位而感到不高興，內心會氣憤不已。

　　日本人詢問上司意向時，採用較間接的方式，例如：「ボーリング大会に参加なさいますか」（詢問預定的事）、「課長もいかがですか」（勸誘）。這種間接詢問的方式，在日商公司裡不只在公司內使用，即使下班後也要嚴守上司下屬的關係。歐美人尤其要注意非正式場合的對話。

よく使う表現

☆ 相手の意向や希望を聞く

① 〜つもりですか

▽〜つもり？

△〜おつもりですか

② 〜たいですか

▽〜たい？

③ 〜ますか

▽〜する？

△お〜になりますか

④ 〜はどう-ですか

▽〜はどう？

▽〜はいかが-ですか／でしょうか

⑤ 〜は〔いつ／誰…〕がいいですか

▽〜は〔いつ／誰…〕がいい？

△〜は〔いつ／誰…〕がよろしい-ですか／でしょうか

⑥ 〜でいいですか／〜ていいですか

▽〜でいい？／〜ていい？

△〜でよろしい-ですか／でしょうか

〜ていい-ですか／でしょうか

☆　詢問對方的意向或希望

「〜つもりですか／〜たいですか」是初學日語的基本句型，因此除了關係親密間的非正式對話或面試場合之外，多半不使用。一般較常用「〜なさいますか〈事實確認〉」、「（んですが）、ご一緒にいかがですか〈勸誘〉／〜ていただけませんか〈依賴〉／〜ていただきたいんですが〈自己的希望〉」等表達方式。

　　將④〜⑥的「〜ですか」更改爲「〜でしょうか」是比較尊敬的說法。所以對長輩應使用「〜でしょうか」比較恰當。

×部長、今夜のパーティーに参加するつもりですか。

　→部長、今夜のパーティーに参加なさいますか。

　→部長、今夜のパーティーに参加していただけますか。

×部長、今夜のパーティーに参加したいですか。

　→今夜のパーティー、部長もご一緒にいかがですか。

　→今夜のパーティー、部長にもぜひ参加していただきたいん
　　ですが、いかがでしょうか。

①你要去…嗎？

②你想去…嗎？

③要不要去…呢？

④去…如何？

⑤〔什麼時候／誰〕比較好呢？

⑥我可以…嗎？

☆　自分の意向を述べる

① 　～します

　　▽～する

　　△お～します／いたします

② 　～つもりです

　　▽～つもり-だ（よ）／よ♥

③ 　～（よ）うと思っています

　　▽～（よ）うと思っている

　　△～（よ）うと思っております

☆　自分の希望を述べる

④ 　～たいです

　　▽～たい

⑤ 　～たい-んです

　　▽～たい-んだ♠／の♥

⑥ 　～たいと思っています

　　▽～たいと思っている

　　△～たいと思っております

⑦ 　～と〔いい／うれしい／ありがたい〕んですけど

　　▽～と〔いい／うれしい／ありがたい〕んだけど

☆　表達自己的意向

　　①是明確陳述自己意志的說法，也有表達幾乎已下決心的意思。
②「～つもりだ」則是表達從以前就一直思考的計畫，有實現的信心。
③則是敘述當時的想法，因此語調要比「～つもりだ」較委婉。

①我要做…
②我計畫要…
③我想做…

☆　表達自己的希望

　　④是明確陳述自己的希望，但通常爲了要像⑤把語氣放柔和，
常會在句尾加上「～と思っている」。通常會和副詞一起使用，「是
非～したい／どうしても～したい／なんとしても～したい」是表強烈期
望、「できれば～したい／できることなら～したい」則表難以實現的願
望、「せめて～したい」則表最低限度的希望。

④我想…
⑤我希望…

　　⑥⑦是謹愼地將自己的希望委婉地傳達給對方的表達法。也使
用在請託表達法中。

⑥我期望…
⑦如果…〔一定很棒／我會很高興／我會感謝〕

173

応用会話例

☆ これでよろしいでしょうか

リー♠: 課長、企画書が書き上がりましたが、これでよろしいで
しょうか。

課長♥: ちょっと見せてくれ。うん、よくできているね。これで
いいよ。

企画書を課長に見せて、いいかどうかを尋ねる場面です。是非を尋
ねる「これでよろしいでしょうか」はそのまま覚えて使いましょう。

這麼做可以嗎？

上面是拿企劃書給課長看並詢問意見的場面。尋問意見時請謹
記這句「これでよろしいでしょうか」即可。

企画書：企劃書　　　　　　　　～が書き上がる：寫完了～

よくできている：做得好

◉ 自分の意向を「～たい」で語る日本人 ◉

　日本人は親しい友人との会話では「～つもりだ」「～（よ）うと思っている」
のように意志表現を使いますが、相手が目上とか、面接試験のような場面で
は、ほとんど「～たいと思っています」と希望表現を使います。「～ようと
思っています」はまだいいのですが、「～つもりです」を使うと、実現に確信や
自信がある言い方になりますから、相手に傲慢な印象を与えるのを嫌い、
使用を避けるのです。

　考えてみれば、日本語そのものが「お茶が入りました、どうぞ」のよ
うに自動詞を使うことが多い言語です。「お茶を入れました」と他動詞を
使うと、「私の意志」が強調されますから、相手への「好意の押しつけ」に
なると日本人は感じるのです。日本社会に調和を第一とする文化風土が根
強くあり、常に「周りからの突出を避けたい」という感情が働いています。
それが、個人の意志表示を避ける傾向となり、「そうなればうれしい」とい
う希望の感情を表すことで、遠まわしに意志を述べる文化風土となるの
でしょう。

☆　ケーキ、食べたい？

弟 ♠:　おいしそうなケーキだね。

姉 ♥:　食べたい？

弟 ♠:　うん、ほしい。

姉 ♥:　でも、やっぱり、や～めた。

弟 ♠:　なんだ。お姉さんのけち！

　家族の会話では「食べたい？」「うん、ほしい」でいいのです。

想不想吃蛋糕？

　　家族的對話用「食べたい？」「うん、ほしい」就可以了。

やっぱり：仍然，還是

けち（な）：吝嗇，小氣

◉用「～たい」表達自己意向的日本人◉

　　日本人在和親友對話時，常用「～つもりだ」「～（よ）うと思っている」表達自己的意志。但對方如果是上司或面試的場合，則是用「～たいと思っています」來表達自己的意志。若是用「～ようと思っています」還可接受，可是如果用「～つもりです」的話，則是一種相當有自信說法，會留給對方傲慢的印象，因此要避免使用。

　　仔細研究一下，在日語中有很多像「お茶が入りました、どうぞ」這種自動詞的說法。如果改用他動詞「お茶を入れました」的話，會讓日本人覺得特別強調了「自我意志」，感覺強迫對方接受自己的好意。

　　日本社會非常重視協調文化，常會有「避免與眾不同」的顧慮。這是因為日本人有避免表現個人意志的傾向，因此常以「そうなればうれしい」婉轉地表達自己的希望。

☆ 取引先との打ち合わせ

取引先：では、次回の打ち合わせはいつにいたしましょうか。

リー♠：そちらはいつがよろしいでしょうか。

取引先：こちらは早ければ早いほどいいんですが。

リー♠：でしたら、明後日はいかがでしょうか。

取引先：ええ、けっこうです。

　取引相手と次回の打ち合わせ日を決めている場面です。ビジネス会話では、取引先の意向を先ず聞き、それに合わせて予定を調整するのがルールでしょう。

與客戶商談

　　這是和客人約定下次開會日子的場面。因爲是商業會話，所以應先詢問客人的時間安排再做調整，這是商場禮儀。

次回：下回

打ち合わせ：商量

〜ば〜ほど：越…越…

☆　お客の希望を聞く

リー♠：息子の高校進学祝いにパソコンを買ってやりたいんだけど、
　　　　適当なのないかなぁ。

店員　：これなんかいかがでしょうか。

リー♠：少し高いねえ。初めて使うんだから、もう少し安いので
　　　　いいんだけど、ない？

店員　：でしたら、こちらはいかがでしょうか。

リー♠：うん、値段も手ごろだし、これにするよ。

店員　：ありがとうございます。お届けの方法はいかがいたしま
　　　　しょうか。

_____

　　店員は「～はいかがでしょうか」「～はいかがいたしましょうか」と敬
語を使ってお客の意向や希望を尋ねていますが、日本のお店に行
くと、よく耳にする表現です。

詢問客戶的希望

　　店員使用敬語「～はいかがでしょうか」「～はいかがいたしましょう
か」詢問客人的意向及希望，在日本的商店裡經常會聽到這種表達法。

進学祝い：恭賀升學

パソコン：個人電腦

手ごろ（な）：（對自己的經濟力量）適合

お届け：運送

177

☆ 大学の志望理由書例
－国際コミュニケーション学部－

交通や通信技術の進歩に伴って、世界は次第に小さくなり、世界各地で起こったことも一瞬のうちに知ることができるようになりましたし、自由に旅行できるようになりました。

しかし、人と人とのほんとうのコミュニケーションはどうでしょうか。例えば私の国アメリカと日本を例にとっても、過去の歴史もあり、相互理解や心と心のつながりは必ずしも技術の進歩に伴っていないのが現状ではないでしょうか。

世界には異なる言語、異なる文化、異なる考え方が存在していますから、時には相手の気持ちが理解できないこともあります。しかし、より深く交わると、しだいに相手の気持ちが理解できるようになり、自分自身のものの考え方や感じ方も変化し、広がりが生まれます。私はお互いの違いを認めあい、共感しあい、助けあうことは必ず可能だと信じています。

私はこの夢のために、国際コミュニケーションについてもっと深く勉強したいと思うようになりました。そして卒業後は国へ帰って、文化交流に関係する仕事に就きたいと思っています。

これは大学の志望理由書の一例です。志望動機や卒業後の予定は面接でも必ず聞かれることですから、くれぐれも準備を怠らないようにしましょう。

填寫大學志願理由書信範例

　　這是一篇大學志願理由書的範例。填志願的動機及畢業後的計劃是入學面試時必問的題目，因此請用心準備。

交通：交通

通信技術：通訊技術

進步：進步

～に伴う：伴隨～

次第に：逐漸

一瞬のうちに：一眨眼

コミュニケーション：溝通

相互理解：相互了解

心のつながり：心連心

心ずしも～ない：不一定，未必

現状：現況

～が～と異なる：與～不同

時には：偶爾，有時候

～と交わる：與～交往

ものの考え方：思考模式

～を認めあう：彼此認同

～と共感しあう：同感

～と助けあう：互相幫忙

必ず：一定

文化交流：文化交流

☆　大学の面接試験で

試験官：では、あなたが日本文学科を志望した動機について話してください。

アン　♥：私は日本語の学習を通して、日本人のものの考え方、私たちアメリカ人と大きく違うように思えてきました。そして日本の文化や日本人の発想をもっと知りたいと思うようになりました。そのためにも、もっと日本語を学び、広く小説・随筆・詩などの世界にも触れたいと思いました。

試験官：日本語と英語の違いで、何か気づいたことはありますか。

アン　♥：例えばアメリカ人は希望を動詞で表しますが、日本人は形容詞「～たい」を使います。アメリカ人は「魚を釣った」と他動詞を使いますが、日本人は「魚が釣れた」と自動詞を使います。

大學的面試

面接試験：面試

～を志望する：以～為志願

～に触れる：涉及～

～に気づく：察覺到

180

試験官：では、あなたが当大学を選んだ理由は何ですか。

アン　♥：担任の先生に相談したところ、こちらの大学は国際交流や、外国人のための日本語教育にも力を入れている大学なのでいいのではないかと勧めてくださいました。それでこちらの大学を受験することにしました。

試験官：卒業後はどうするつもりですか。

アン　♥：国に帰るつもりです。そして国で日本語教育関係の仕事か、あるいは翻訳の仕事に就きたいと思っています。

試験官：最後にお伺いしますが、学費についてはどうするつもりですか。

アン　♥：日本に住んでいる親戚が保証人になってくれていますから、心配ありません。

試験官：わかりました。面接はこれで終わります。

アン　♥：ありがとうございました。

～た-ところ～した：正當…的時候

国際交流：國際交流

～に力を入れる：致力於～

～に～を勧める：推薦

保証人：保證人

181

課題会話

〈課題 1〉卒業後の予定を聞く

先生♥：大学を卒業後は、どうするつもりなの?

A　　：国に帰って、貿易関係の仕事に¹⁾（就くつもりです／就きたいと思っています）が、今、アメリカも就職難の時代ですから。

先生♥：いい仕事が見つかるといいわねえ。

A　　：ええ、でも難しいかもしれません。

先生♥：その時はどう²⁾（するつもり／したい）？

A　　：まだ、³⁾（考えていません／考えないつもりです）。

実現が不確かなことに「～つもりだ」は使いません。

詢問畢業後的計劃

對於沒把握的事情不可使用「～つもりだ」。

貿易：貿易

～関係の仕事：與～相關的工作

～に就く：從事～

就職難の時代：難找工作的時代

～が見つかる：找到～

～といい：…就好了

〈課題 1〉解答

1)→就きたいと思っています　　　2)→するつもり

3)→考えていません

〈課題2〉上司と病気見舞いの相談

A ：近々、部長のお見舞いに ¹⁾（いらっしゃるおつもりです
か／いらっしゃいますか）。

課長♠：うん、明日にでも ²⁾（行く→＿＿＿）と思っている。

A ：私もごいっしょして ³⁾＿＿＿。

課長♠：うん、もちろん。で、お見舞いに何を持って行ったらい
いかねぇ。

A ：果物などは ⁴⁾＿＿＿＿。

課長♠：ありふれているけど、まあ、無難だろうね。

お見舞いに行く相談をしています。上司の意向を尋ねるのですから、
丁寧な言い方で話を進めましょう。

與上司商討探病事情

上面是和課長相約去探病的對話。因爲對方是上司所以要用
「丁寧體」進行對話。

近々：過幾天
お見舞い：探病
ありふれている：沒有什麼新奇的
無難（な）：無可非議

〈課題2〉解答

1)→いらっしゃいますか　　2)→行こう

3)→よろしいでしょうか　　4)→いかがでしょうか

183

2 第三者の意向の述べ方

※ 学習者のハラハラ会話 ※

☆ 部長のお考えは？

リー♠：A社との件なんですが、先方は契約を 1)急ぎたいです。部長は
　　　　2)どうしようと思っているんですか。

課長♠：慎重に検討しようというお考えのようだよ。

リー♠：しかし、先方からは「急いでほしい」と矢のような催促が
　　　　来ています。

♣

部長的看法？

　　先方：對方

　　契約を急ぐ：急要訂契約

　　慎重に検討する：慎重地檢討

　　矢のような催促：不斷催促

♣

耶！為什麼呢？

　　當轉述第三者的需求時，在日語中並不直接使用「～さんは～
たいです」。要如何傳達客人的意向或需求才不會失禮是個訣竅。

1)→急ぎたいとのことです

2)→どういうお考えなのでしょうか／どのようにお考えなんでしょ
　　うか

【 重點提示 】 ∞∞∞∞∞∞∞∞∞∞∞∞∞∞∞∞∞∞

用日語表達希望之微妙處

　　日語的「～たい」「～ほしい」是用來表達自己感受的人稱形容詞。而傳達第三者的感受時，必須加上「～がっている」或「～ようだ／そうだ〈様態〉／～らしい」、「～そうだ／～ということだ／～とのことだ」等表推測或傳聞的助動詞。這種表達法和「うれしい・悲しい・苦しい・さびしい」等感情形容詞是同樣的。

　　在上面的會話中，小李以爲對 A 社用「～がっている」就可以了，實際上是不可以的。因爲「～がっている」有「非常想這樣做的態度」的意思，是很直接的表達，對客人或長輩使用會很失禮。此時用傳聞的句型「～とのことだ」最適當。

像變色龍般的日語

　　用「～（よ）うと思っているんですか」的說法詢問上司的意向是很不禮貌。一般都是用「（どういう／どうしようという）お考えなのでしょうか」或「（どういう／どうする）おつもりなんでしょうか」。

　　但在與親友間的談話，其內容即使提及上司，或直接說「部長はどうするつもりなんだろうか」也沒關係。日語的措詞就像是變色龍，會因說話的對方身分地位不同而改變其用語，相當困難。

よく使う表現

第三者の意向や希望を聞く

① ～は～つもり-でしょうか

▽～は～つもり-だろう／かなぁ／かしら

△～は～おつもり-でしょうか

② ～は～（よ）うと思っている-んでしょうか

▽～は～（よ）うと思っている-んだろうか／のかなぁ／のかしら

△～は～（よ）うと思っていらっしゃる-んでしょうか

③ ～は～（よ）うという考え-でしょうか

▽～は～（よ）うという考え-だろうか／かなぁ／かしら

△～は～（よ）うというお考え-でしょうか

④ ～は～たいと思っている-んでしょうか

▽～は～たいと思っている-んだろうか／のかなぁ／のかしら

△～は～たいと思っていらっしゃる-んでしょうか

⑤ ～は［いつ…］がいい-んでしょうか

▽～は［いつ…］がいい-んだろうか／のかなぁ／のかしら

△～は［いつ…］がよろしい-んでしょうか

186

☆　詢問第三者的意向或希望

在正式場合的會話中，話題人物是長輩或上司時，要使用標記△的敬語表達。在此舉出「重點提示」中所談到的變色龍般的日語的例子。

〈與親密的同事的會話／話題人物＝上司・長輩〉

リー：部長はどうするつもり（なん）だろう？

山田：たぶん、行かないつもりだろう。

〈與長輩的會話／話題人物＝上司・長輩〉

リー：部長はどうなさるおつもり（なん）でしょうか？

課長：たぶん、行かれない〈敬語〉おつもりだろう。

〈與長輩的會話／話題人物＝同事・平輩與晚輩〉

リー：山田君はどうするつもり（なん）でしょうか？

課長：たぶん、行かないつもりだろう。

①打算…呢？

②計畫做…呢？

③考慮做…呢？

④想做…？

⑤〔什麼時候〕做…比較好？

☆ 第三者の意向を述べる

① ~は~つもり-です

▽~は~つもり-だ（よ）／よ♥

△~は〈敬語動詞・敬語形〉おつもりです

② ~は~（よ）うと思っています

▽~は~（よ）うと思っている（よ／わ）♥

△~は~（よ）うと思っていらっしゃいます

△~は~（よ）うというお考えです

☆ 第三者の希望を述べる

③ ~は~たがっています

▽~は~たがっている（よ／わ）♥

④ ~は~たい-んです

▽~は~たい-んだよ／のよ♥

△~は〈敬語動詞／敬語形〉たい-のです

188

☆　陳述第三者的意向

　　表達第三者的意向時，大多會在「〜つもりだ」「〜 (よ) うと思っている」加上推測或傳聞的助動詞。「〜んだ」表較接近斷定語氣，「〜んだろう」表較有確信的判斷，而不確定時最好用「〜ようだ」來表達。

　　リー君は良子さんと結婚する　　つもり-でしょう

　　　　　　　　　　　　　　　　　つもりな-んです／んでしょう

　　　　　　　　　　　　　　　　　つもりの-ようです

　　　　　　　　　　　　　　　　　つもり-らしいです

　　　　　　　　　　　　　　　　　つもりだ-そうです

①計畫〜
②打算〜

☆　陳述第三者的希望

　　表達第三者的希望時，「〜たい／〜ほしい」一般與「〜がっている」或表推量、傳聞的助動詞一起使用。但因爲「〜がっている」爲表達「想要這樣做」露骨的說法，所以不能對長輩使用。

　　リー君は良子さんと結婚　　　した-がっています

　　　　　　　　　　　　　　　　したい-んです／んでしょう

　　　　　　　　　　　　　　　　したい-ようです

　　　　　　　　　　　　　　　　したい-らしいです

　　　　　　　　　　　　　　　　したい-そうです

　　　　　　　　　　　　　　　　したい-と思っています

③希望〜
④想要〜

━━━━━ 応用会話例 ━━━━━

☆　どうしたいのか

リー♠：いつものことながら、日本人の話はどうしたいのか、どうし
　　　　ようと思っているのか、結論がはっきりしないから困るよ。

良子♥：周りと摩擦を起こしたくないから、自分から意志表示す
　　　　るのを避けたがるんじゃない？

リー♠：僕の性分に合わないなあ。心でこうしたいと思っている
　　　　ことがあれば言えばいいのに。

　　不特定多数の一般傾向や習性を述べる場合、現在の個人の様子を強
調する「～がっている」ではなく「～がる」を使います。

　　「～は、〈今〉～がっている」「～は、〈いつも〉～がる」と覚えて
おけばいいでしょう。

想要怎麼做呢？

　　當陳述非特定多數的一般傾向或習性時，不能使用強調個人的
「～がっている」而應該用「～がる」。請謹記「～は、〈今〉～がっ
ている」「～は 〈いつも〉～がる」就可以了。

　　　　人は楽な道を選びたがるものだ。

　　　　日本人は、はっきり意志表示をしたがらない。

いつものことながら：毎次
周りと摩擦を起こす：和周遭的人發生衝突
意志表示（する）：表明意志
～を避ける：躲避，迴避
性分に合わない：不合我的個性

190

☆　あの二人は結婚するつもりかなぁ？

リー♠：佐藤と真理さんは結婚するつもりかなぁ。

山田♠：そうらしいよ。というより、彼の方が早く結婚したがっ
　　　　てるんじゃないか。

百恵♥：そうみたいね。真理さんは男性にもてるから、心配なん
　　　　じゃない？

リー♠：あの二人、どう見てもかかあ天下になるね。

山田♠：佐藤が真理さんの尻に敷かれた姿が目に浮かぶよ。

百恵♥：言いたい放題を言ってるわね。

　会社での雑談風景ですが、仲間内での会話ではこのような遠
慮のない言い回しをすることが多いでしょう。

那倆個人準備要結婚吧！

　　上面是在公司內閒聊的場面，與同事間的會話無須顧慮用詞遣
字。

　　～かな（あ）：表示疑問

　　～にもてる：受～歡迎

　　～んじゃない：不是嗎？

　　～かかあ天下：老婆當家

　　尻に敷かれる：被欺壓

　　言いたい放題：暢所欲言

山田♠：どうして、真理さん、佐藤と結婚しようと思ったんだろう。

リー♠：そんなこと、本人に聞いてみなけりゃわからないよ。

山田♠：真理さんと結婚したがっていた男は、十人を下らなかったのになぁ。

リー♠：お前もその一人じゃなかったの?

山田♠：うん、まあ。彼女と結婚したいと思ったことはあるけど、所詮、僕には高嶺の花だったよ。

　基本的には主語が「私」なら「～たい」、主語が第三者なら「～たがっている」でいいのですが、過去文や、副詞句、名詞句の中では制約はありません。その場合、「～たい」は感情、「～たがっている」は様子や態度を表しているので、意味からの使い分けが必要です。

高不可攀

　基本上當主語是「我」的時候就用「～たい」，當主語是第三人稱時就用「～たがっている」，並不受過去式、副詞句、名詞句等的限制。「～たい」是表感情，而「～たがっている」是表情形或態度，所以有必要區分使用。

本人：當事人

～を下らない：不少於～

お前：（對同輩或晚輩的稱呼）你

所詮：終究

高嶺の花：高不可攀的東西

☆　上司の意向を聞く

リー♠：A社への出向の件ですが、部長は誰にしようというお考え
　　　　なんでしょうか。

課長♠：まだ決まっていないようだけど、誰が適材か、頭を痛め
　　　　ていらっしゃるようだ。

リー♠：でしたら、私に行かせていただけませんか。

課長♠：部長がどうなさるおつもりか、まだよくわからないけど、そ
　　　　のこと、僕から部長に話してみるよ。

　「お考え」「おつもり」が現れるのは、会社などでのフォーマルな
会話の場合が多いでしょう。なお、リー君の「私に行かせていただけま
せんか」は申し出の表現ですが、一方では積極的な自分の希望や意向
の表明です。

詢問上司的意向

　　「お考え」「おつもり」多用於公司等正式的會話場合中。小李
說「私に行かせていただけませんか」這句話，除了表達自己的期望
外，也積極地表明自己的希望或意向。

　　出向：派赴
　　～ようだ：好像～
　　適材：適當的人才
　　頭を痛める：傷腦筋
　　なさる：「する」的尊敬語

☆　部長はどうするおつもりでしょうか

リー♠：部長はニューヨーク支店長の話、お引き受けになるおつ
　　　　もりなんでしょうか。

課長♠：そのつもりはないようだよ。栄転は栄転だけど、奥さんの
　　　　体が弱くて病気がちだし、外国の赴任は無理だとおっしゃっ
　　　　てたから。

山田♠：でも、会社命令だと言われたら、断りきれないんじゃないで
　　　　すか。

課長♠：う～ん、その時が問題だなあ。

リー♠：その時はどうなさるお考えなんでしょうね。

佐藤♠：そう言えば、いつか部長が退職後は田舎に帰って畑仕
　　　　事でもしながら、妻と二人でのんびり暮らしたいとおっ
　　　　しゃってたことがあったなあ。

山田♠：じゃ、会社をお辞めになるかもしれませんね。

課長♠：さあ、それは何とも言えないね。

◉「する」より「なる」重視の日本人◉

　日本人は他動詞を使っても表せるのに「お茶が入りました。どうぞ」「魚が釣れた」のように自動詞を使いますが、「好く」という他動詞を使わず、「好きだ」という形容詞を使います。状態性の表現を好み、意志性の表現を避ける傾向は日本語の特徴と言えるでしょう。

　これが個人の生活観にまで及んでいますから、自然や世の流れに任せて生きることを重んじる傾向が確かにあります。悪くいえば自然や社会悪と闘って新たなものを生み出す力に欠けると言えますが、よく言えば伝統や風習を重んじるとも言えます。例えばこれほど生活が欧米化していても、「畳とみそ汁」の生活は変えません。

　また自分で事業を興して独立して何かをするよりも、いい会社に入って高いポストに就く、つまり「（課長に・部長に）なる」ことが重んじられ、しかも周りから推されて自然にそうなることを最善とします。個を主張し貫くよりも、自然や周りとの調和を第一にする「没」個＝調和重視の精神風土と自動詞（「なる」）好きの日本語はどこかで結びついているのかもしれません。

会社で部長がニューヨーク支店長として赴任するつもりかどうか、話し合っている場面です。課長が同席していますから、リー君は上司の意向を表すときは丁寧な表現を使っています。

部長有何打算？

這是在公司內討論部長究竟是否要去當紐約分店長的場面。因為課長也在場，所以小李要轉述上司的意向時，要使用「丁寧體」的表現法。

~を引き受ける：答應　　　　栄転：榮升

~がち：容易，常常　　　　赴任：赴任

会社命令：公司命令　　　　~きる：表達到極限

なさる：「する」的敬語　　　退職後：退職後

のんびり：悠閒地　　　　　~を辞める：辭去~

何とも言えない：很難說

◉「なる」與「する」比起來，日本人比較重視「なる」◉

　　日本人在即使可使用他動詞來表達的地方，也會以「お茶が入りました。どうぞ」「魚が釣れた」等自動詞的型態來表達。不用他動詞「好く」而改用形容詞「好きだ」。如此喜歡用狀態性而迴避意志性的表達法可說是日語的特徵。

　　這種表達法涉及個人的生活觀，由此可見有重視順應自然及世俗的傾向。從不好的觀點來看，可以說日本人欠缺與自然、社會博鬥孕育新環境的動力。從好的觀點來看，日本人重視傳統風俗。比如；日本人的生活即使歐美化，但「畳とみそ汁」也不會因而消失。

　　此外，日本人比較重視進入有名的公司擔任高等職務－「任職（課長・部長）」而不太獨立創業。而且以受人推舉為最上策，不強烈主張貫徹個人的意志，而以和周遭事物的協調為優先。這種壓抑個人意志重視和諧的精神，恰好與日語中喜歡用自動詞「なる」來表達有不謀而合之處。

課題会話

〈課題1〉同僚の突然の退社

A　　：木村さん、会社を辞めて、いったいどう¹⁾（する→＿＿＿＿）。

同僚♠：聞いた話では、実家の酒屋を継ぐらしいよ。

A　　：どうして、突然、そう²⁾（する→＿＿＿＿）と思ったんだろう。

同僚♠：なんでも、お父さんが病気で倒れたらしいんだ。それで自分が長男だし、両親の面倒も見なければならないから、跡を³⁾（継ぐつもりな／継ごうと思った）んだろう

　ずっと以前から抱いていたことなら「～つもり」、そのとき思ったことなら「～（よ）うと思う」が基本的な使い分けです。

同事突然辭職

　　「～つもり」是表從以前就抱持有的想法，若只是突發奇想的話，則用「～（よ）うと思う」來表達。

　いったい：究竟

　跡を継ぐ：繼承

　なんでも：據説是

　病気で倒れる：病倒

　長男：長男

　～の面倒を見る：照顧～

〈課題1〉解答

1)→する　2)→しよう　3)→継ごうと思った

〈課題2〉不登校の子供の相談

A　：田中さんが真理さんに¹⁾（会いたい／会いたがってる）よ。
息子さんの武君のことで、相談²⁾（したい／したがる）
ことがあるとか言ってた。

真理♥：何だろう？以前、武君の家庭教師をしてたことがあるの。

A　：そう言えば、武君が学校に³⁾（行きたくなくて／行きた
がらなくて）、ずっと不登校気味だと言ってたなあ。

　田中さんも武君も第三者ですから、1)も 3)も「～たい」のまま
では使えません。2)の問題は連体修飾句「～こと」の中ですから
制約はありませんが、意味で使い分けます。

討論逃學的子孩

　　田中和小武都是第三者，因此 1)和 3)都不可以使用「～たい」，
而 2)因為是連體修飾句「～こと」，所以不受限制。

　～と／に相談する：和（某人）商量
　～とか言う：聽說
　家庭教師：家教
　そう言えば：這麼說
　不登校：逃學
　～気味：有…傾向

〈課題2〉解答

1)→会いたがってる　2)→したい　3)→行きたがらなくて

〈課題3〉こんな時、どう言いますか

ロールカード1

A: あなたは京都に行こうと思います。旅行社で切符や旅館の予約や手続きをしてください。

B: あなたは旅行社の社員として、お客様のAさんのスケジュールを聞いて、アドバイスをしてください。

ロールカード2

A: あなたの会社の社長が、取引先の社長とのミーティングを急いでいます。先方の担当者Bさんと話して、日時を決めてください。

B: 取引先のAさんを通して社長同士のミーティングの申し込みがありました。あなたは先方の都合を聞いて、日時の調整をしてください。

第六章　提案と申し出編

　提案・申し出というのは、どう言えば相手が受け入れやすいか、また相手の提案に同意できないときや、申し出を断るときにどう言ったらいいかが、一番の問題になるでしょう。

　ここでも直接的な言い方を避ける日本的な言い回しが数多く出てきますが、日本人とのコミュニケーションでは大切なことになるでしょう。

提案與申請篇

　　提案與申請最大的問題點，在於要如何說明才能讓對方採納自己的建議，或不同意對方的提案時，該如何拒絕才恰當。

　　此章節舉了許多婉轉陳述自己意見的日式說法，這是和日本人溝通時相當重要的技巧。

1 提案の仕方

※ 学習者のハラハラ会話 ※

☆ 営業部の会議で

部長♠：この商品は採算がとれそうもないし、今期限りで製造を中止したらどうかと思うんだが。

課長♠：ええ、でも、それはちょっと……。

リー♠：<u>1)部長、それはいけません。</u>売れ行きも少しずつ伸び始めているところですから、<u>2)もう少し様子を見た方がいいです。</u>

部長♠：うん? 失敗したら誰が責任をとるんだ?

♣

在營業部的會議

採算がとれる：合算

〜そうもない：似乎不…

今期限りで：以本期爲限

売れ行き：行銷

様子を見る：視情況

♣

耶！為什麼呢？

　　小李反對部長提案的說詞，文法方面並沒有錯，但說法太果斷，恐怕會令人反感。

1)→部長がおっしゃることもわかるのですが。

2)→もう少し様子を見たらいかがでしょうか。

【 重點提示 】 ∞∞∞∞∞∞∞∞∞∞∞∞∞∞∞∞∞∞

從「ええ、でも」開始反駁

　　日本人很少以「いいえ、それは駄目です」「いいえ、それはいけません」來直接反對對方的提案或建議。一般反對對方意見的說法應該像會話中，課長先說「ええ、でも…」認同對方的意見之後，再提出問題或疑問。日本人的反駁是從「ええ、でも」開頭的。因此，小李說了「それはいけません」這麼果斷的話，大部分的日本人可能會覺得受不了。

用「～たらいかがでしょうか」來表達最恰當

　　對上司是不可以說「～方がいい」。日本人向對方陳述自己的意見或提議時，最有效的方式是「讓對方察覺」。也就是不用爭論哪一方才是正確的，而是以「哪方有利，哪方有用」來說服對方是最好的方法。因此，在提案或表達意見時，用「～たらいかがでしょうか」「～ではないでしょう」的方式來表達，讓對方去判斷哪種是最有效的。同時這種說法也有尊敬對方的意味。

よく使う表現

☆ 相手に提案する
あいて　ていあん

① ～ませんか

▽～ない？ ／～ないか

② ～に-しませんか

▽～に-しない？ ／しないか

△～に-いたしませんか

③ ～（よ）う-じゃありませんか

▽～（よ）う-じゃない／じゃないか

☆ 相手に婉曲に提案する
あいて　えんきょく　ていあん

④ ～はどう-ですか／でしょうか

▽～はどう-？ ／だい

△～はいかが-ですか／でしょうか

⑤ ～たらどう-ですか／でしょうか

▽～たら？

▽～たらどう-？ ／だい？

△～たらいかが-ですか／でしょうか

⑥ ～にしたらどう-ですか／でしょうか

▽～にしたら？

▽～にしたらどう-？ ／だい？

△～にいたらいかが-ですか／でしょうか

☆　向對方提案

①②可用在邀約對方（第三章），也可用在像「そろそろ食事にしませんか」來向對方提議。③主要爲向多數人呼籲的表達法，如「さあ、みんな、少し休もうじゃないか」。

①要不要…？

②何不做／選…？

③我們大家不如一起做…好不好呀？

☆　委婉地向對方提案

④～⑥是委婉向對方提議或建議時，最具代表性的表達法，與①～③優先尊重對方的考量是不同的。若對象是長輩或上司則使用標示Δ符號的表達法最適當。用「～でしょうか」要比「～ですか」更有禮貌。

上述的表達法也可使用在推薦如：「コーヒーはどうですか」或婉轉勸告「しばらく休んだらどうですか」的場合。

④…這樣做如何？

⑤若是…你覺得如何？

⑥如果決定…你覺得可行嗎？

☆　提案を受けるとき

① 　ええ、いいです-ね

▽うん、いい-ね／わね

② 　ええ、そうしましょう

▽うん、そうしよう

③ 　そうです-ね

▽そう-だね／ね

④ 　（その〔提案・意見…〕に）賛成です

▽ （その〔提案・意見…〕に）賛成！

☆　提案を受け入れられないとき

⑤ 　（その〔提案・意見…〕に）反対です

▽ （その〔提案・意見…〕に）反対！

⑥ 　ええ、でも、それは少し~と思います

▽うん、でも、それは少し~だと思う（よ／わ）

⑦ 　ええ、でも、それは少し~じゃないでしょうか

▽うん、でも、それは少し~じゃない？／じゃないか／じゃ

ないだろうか

⑧ 　おっしゃりたいことはよくわかりますが、……

⑨ 　ご提案の趣旨はよくわかりますが、……

☆　接受提案

①～③是用於關係親密的人的私人對話。④可使用在非正式場合的對話，也可使用在公司或團體中同意別人的提案時，一般較多用於開會的場合中。

①嗯，非常不錯的意見。

②那我們就這麼決定了。

③你說的是。

④贊成（你的建議／提議）

☆　不能接受提案時

⑤是很明確表示反對。除此之外，也有「それは駄目だ／それは無理だ／それはいけない」的說法。

⑥～⑦是間接委婉地提示疑問或表不同意。⑧⑨是在會議中經常出現的表達法。通常會在「しかし、……」之後補充說明疑問點表示反對。越是正式的場合，這類的表達法越常用。對提案表示反對的意思。

⑤我不同意（你的提案／意見）

⑥這麼說是沒錯，可是我有一個問題就是…

⑦你說的沒錯，可是這麼做不就…？

⑧我可以理解你的看法，可是…

⑨我可以了解你提案的動機，可是…

☆　夫婦の会話

良子♥：もう遅いし、寝たらどう？

リー♠：うん、でも、どうしても明日までにこの書類を書き上げ
　　　　なくちゃなんないんだ。

良子♥：そう、でも無理はしないでね。じゃ私、先に休むわ。

　良子さんが夜更かししているリー君の体を心配して早く休むよう
に言ったのですが、日本のサラリーマンはそうもいかない事情が多
くあります。リー君は「うん、でも～」から事情を述べています。最
初の「うん」で一旦受け入れるところが、妻への配慮なのです。

夫婦的對話

　　上面是良子擔心小李因工作熬夜有害健康而勸他早點休息的場
面。在日本也有許多和小李一樣，因工作量多而無法好好休息的上
班族。小李先回應「うん、でも～」，再說明無法即刻休息的原因，
先答一句「うん」是小李對妻子的擔心做善意的回應。

どうしても：無論如何也要…

～なくちゃなんない：（「～なければならない」的口語形）

無理をする：勉強

先に休む：先去休息

☆　妻の水着の買い物につきあって

良子♥：目移りがしちゃう。この花柄のビキニ、どう思う？

リー♠：派手すぎるんじゃないか。この黒のセパレーツにしたらどう？

良子♥：うん、でも、それ少し地味じゃない？

リー♠：若い娘じゃあるまいし、もっと年相応のものにしたら？

良子♥：年相応って、どういう意味？

　　夫婦の会話です。良子さんからどれがいいか相談を受けるのですが、少し口論になった場面です。夫婦間では遠慮のない言い方をしてもいいのですが、「派手すぎるよ」というより、「派手すぎるんじゃないか」の方がやさしい感じになります。

陪太太去買泳裝

　　上面是夫妻間的對話。原本是良子和小李討論選哪一件泳衣比較好，卻演變成小爭吵的場面。雖然夫妻間的對話用語無需太客氣，但如果說「派手すぎるんじゃないか」會比說「派手すぎるよ」感覺較體貼。

　　～につきあう：陪～
　　目移りがする：眼花撩亂
　　花柄のビキニ：花紋的比基尼泳裝
　　派手（な）：花俏
　　セパレーツ：二件式泳裝
　　地味（な）：樸素
　　～じゃあるまい：又不是～
　　年相応：與年紀相當

☆　失恋した友人を慰める

リー♠：もう済んだことじゃないか。くよくよするのはやめろよ。

山田♠：うん、でも……。

リー♠：お前の気持ちもわからないわけじゃないけどさ、彼女一
　　　　人が女じゃないよ。今夜はカラオケにでも行ってぱっと
　　　　やろうじゃないか。

山田♠：ありがとう、でも、そんな気分にはなれないんだ。

―――――――――――――――――――――――――――――

　リー君が失恋した同僚の山田君を慰めようと色々提案している
場面です。しかし、山田君は元気になってくれません。

安慰失戀的朋友

　　　上面是小李想盡辦法要安慰失戀的山田同事的場面，可是山田
仍是提不起勁。

　　失恋（する）：失戀

　　～を慰める：安慰～

　　～が済む：結束～

　　～をくよくよする：愁眉不展

　　お前：你（對晚輩的稱呼）

　　～さ：可是

　　ぱっとやる：盡興玩

☆　お言葉を返すようですが

部長♠：今回の企画の責任者には若手を起用しようと思うんだが。
　　　　どうだろう、リー君では。

課長♠：お言葉を返すようですが、リー君にはまだ荷が重いかと
　　　　思います。

部長♠：じゃ、誰が適任だと言うんだい?

課長♠：ここはベテランの女性社員にお願いしたらどうでしょうか。

　部長の提案に課長が反対し、別な提案をした場面です。こんなと
き、よく使われるのが、この「お言葉を返すようですが、…」という表
現です。このようにすぐ結論を言わないで、少しずつ自分の考え
を付け加えています。回りくどいという外国の方の批判がありま
すが、日本人は相手がどこまで同意できそうか見定めながら、会
話を進めていく傾向が強いですね。

好像在跟您回嘴，可是…

　　　上面是課長反對部長的提案並提出其它方案的場面。像這種場
合最常使用的表達法就是「お言葉を返すようですが、…」。這種
說法不但沒有立即下結論，還順便提出自己的小意見。也許這種表
達法會被外國人批評說話拐彎抹角，可是，日本人會視對方可以同
意的程度，再繼續進行對話。

　若手を起用する：起用新手
　お言葉を返すようですが：好像在跟您回嘴，可是我認為…
　荷が重い：負擔重
　適任：勝任
　ベテラン：經驗豐富，老練

209

☆　多数決の是非をめぐって

課長♠：この企画案でいくかどうか、そろそろ課としての結論を
　　　　出さなければならないが、どうしようか。

リー♠：このままでは議論は平行線ですし、多数決を取りませんか。

真理♥：リーさんの意見に反対というわけではありませんが、私
　　　　はまだ議論が不十分だと思います。

佐藤♠：私も多数決はどうかと思います。課としてのコンセンサ
　　　　スが不十分なところで多数決をとっても、後がうまくい
　　　　かなくなる恐れがあります。

課長♠：それもそうだな。じゃあ、もう一日、この件で話し合おう
　　　　じゃないか。この案に不十分なところがあれば、明日まで
　　　　に対案を考えてきてほしい。ただ、明日は決めないわけに
　　　　はいかないだろう。みんな、それでいいか。

全員　：結構です。

◉稟議制と根回し◉

　日本の多くの会社では、現場重視のビルト・アップ式で意志決定されるこ
とが多く、関連する課が提案を回し読みして意見を重ね、修正しながら会社
全体の合意形成をする「稟議制」が存在します。その際大切なのが「根回
し」で、公式の会議の前に、関係者に意図・事情などを説明し、ある程度ま
での了解を得ておくことを言います。

　ですから、会議の場というのは議論の場ではなく、ほとんどの場合お
互いの確認の場なのです。確かに外からは意志決定のプロセスがわかり
にくいし、責任の所在が不明確になるのですが、多数決はできるだけ避け
て、妥協しながら合意形成を進めるのは日本型経営の特徴とも言えま
す。

多数決の是非をめぐって、それぞれ意見を述べあっている場面です。「～わけではない」は遠まわしに言う反対で、「～は、どうかと思う」も疑問があることを伝える反対表現です。

議論多數決的是與非

上面是針對以投票表決是否可行，大家各自提出意見的場面。「～わけではない」是婉轉地反對，「～は、どうかと思う」則是帶有疑問的反對表達。

そろそろ：就要	結論を出す：下結論
議論が平行線：爭論沒交集	多数決を取る：採多數決
～わけではない：並不是…	コンセンサス：意見一致
うまくいく：順利進行	～恐れがある：恐怕
～わけにはいかない：不能…	

◉**書面請示制與事前工作**◉

日本很多公司實行「書面請示制度」，意即整合相關單位的意見之後才做決定。由相關單位輪流批閱提案並提出意見，再做協調以達公司全體的共識。其中最重要的是「事前工作」，在正式召開會議之前，先向相關單位的人員說明意圖及情況，以取得對方某種程度的了解。

因爲會議的功能不在議論，而只在於互相做事項確認。非相關人員難以理解事情決定的過程，且責任歸屬也不明確。這樣儘量避免採多數決而以協調達成全體共識的方法，可說是日本式經營的特徵。

課題会話

〈課題1〉残業を切り上げる

課長♠：みんな疲れただろ。今日はもうこれで残業を ¹⁾（切り
上げる→　　　）じゃないか。

A　　：はい、そうですね。課長、これから気分転換に、みんな
で一杯やるというのは ²⁾＿＿＿＿か。

課長♠：それは ³⁾＿＿＿＿ね。みんな、どうだい？

全員　：賛成！

　課長から残業をこれでうち切ろうという提案があり、あなたは賛
成し、「これから飲みに行こう」と提案した場面です。

結束加班

　　這是課長提案加班到此結束，而你贊成並提案大家去喝一杯的
場面。

残業：加班　　　　　　　　　　～を切り上げる：結束～

気分転換：調劑心情　　　　　一杯やる：喝一杯

どうだい：怎麼樣　　　　　　賛成：贊成

〈課題1〉解答

1)→切り上げよう

2)→いかがでしょう／どうでしょう（親しい上司なら可）

3)→いい

〈課題2〉車のセールスを断る

販売員♥ : 1)＿＿＿＿でしょう、そろそろお車をお買い換えになられては。

A : うん、そうしたいとは思うんだが……。

販売員♥ : これなんか 2)＿＿＿＿ですか？ 前のお車は下取りさせていただきますから、今ならグンとお安くなりますが。

A : うん、でも、女房と相談してからでないとねえ。少し3)＿＿＿＿くれない？

店の人やセールスマンがお客に商品を勧めるときは「～は、いかがでしょう？」がもっとも一般的ですが、「いかがでしょう、～は／いかがでしょう～ては」という言い回しもあります。

なお、3)は即答を避けながら柔らかく断る常套表現です。

拒絶強行推銷車子

店員或推銷員向客人推銷商品時，通常使用「～は、いかがでしょう？」有時也用「いかがでしょう、～は／いかがでしょう～ては」委婉的表達方式。

還有3)爲避免立刻回答而委婉拒絕的慣用表達。

そろそろ：就要～　　　　　　　女房：太太

～を買い換える：買新的、換舊的

～を下取りする：用舊物貼換新物

グント：更加非常

～てからでないと：不～之後的話

〈課題2〉解答

1)→いかが　2)→いかが　3)→考えさせて

2 申し出の仕方

❈ 学習者のハラハラ会話 ❈

☆ 雨の日、困っている教師を見て

アン♥：先生、どうかなさったんですか。

先生♠：うん、うっかり傘を持ってくるのを忘れてしまってね。
　　　　困ってるんだ。

アン♥：私の傘を ¹⁾貸してさしあげましょうか。

先生♠：それじゃ、君が雨に濡れるし、悪いよ。

アン♥：²⁾そうですか、じゃ、失礼します。

♣

下雨天看到困窘的老師

　　うっかり～てしまう：一不留神

　　～が～に濡れる：淋濕

♣

耶！為什麼呢？

　　上面是安同學打算將傘借給老師的場面。這種場合若使用「～
てさしあげましょうか」會有強迫對方接受自己好意的感覺。又日
本人對於他人的好意會客氣地拒絕，所以請記住這種場合的說法。

1)→どうぞお使いください／お貸ししましょうか

2)→どうぞご遠慮なく。（私は寮まで近いですから）

【重點提示】 ∞∞∞∞∞∞∞∞∞∞∞∞∞∞∞∞∞∞

注意使用「～てあげましょうか」

　　上面的會話是實際發生過的。學生親切地對我使用「先生、私の傘を貸してさしあげましょうか」這樣的敬語表達，可是我愣住了。因為「～てあげる／～てさしあげる」有「我是特地為你而做這件事」的語感，因此如果直接向對方這麼說的話，會演變成強迫他人接受自己的好意或恩惠。這種情況使用請求表達「どうぞお使いください」或謙讓表達「お～しましょうか」、「お～いたしましょうか」等會比較恰當。

「どうぞご遠慮なく」一句話

　　若對方一開始就明白表示「YES」或「NO」，大部分的人會回應「ああ、そうですか」之後，馬上離開現場。但是日本人對於他人的好意，卻有「第一次客氣婉拒，第二次才接受」的傾向，尤其是年長者或女性這種傾向特別強。因為這是以「謙虛恭謹」為美德的日本價值觀。

　　因此，日本人多數期待對方能夠再度的請求。此時請務必再對「謙虛恭謹」的日本人追加一句「遠慮なさらないでください。私は～から」或是「どうぞご遠慮なく」。

よく使う表現

☆ 申し出る

① （私が）～ましょうか

▽～（よ）うか

△お～しましょうか／お～いたしましょうか

② （私が）～ます／（私が）～ましょう

▽～する（よ／わ）

③ （私に）～（さ）せてください

▽～（さ）せて-もらえない？／もらえないか／くれ

△～（さ）せて-くださいませんか／いただけませんか

☆ 申し出を受ける

④ どうもすみません

▽どうも

⑤ じゃ、遠慮なく／じゃ、お言葉に甘えて

☆ 申し出を断る

⑥ ありがとうございます。でも～から……

▽ありがとう。でも～から……

⑦ いいえ、結構です

216

☆　提議

通常①「～ましょうか」是用來探詢對方的意向。②「～ましょう」是積極明確地提出意見的表達，用來表示願意接受對方的請託或請求。

③是在公司中自己願意承擔某項任務或工作時常用的表達法。

①要不要一起…？
②我願意…
③請讓我…

☆　接受提議

④⑤是坦率地允諾對方請求的表達法。

④謝謝
⑤那我就不客氣了／那就恭敬不如從命。

☆　拒絕提議

通常拒絕時如⑥先說聲「ありがとう」道謝後，再以「でも、…」來陳述理由加以拒絕。

⑦是斬釘截鐵拒絕的句型。使用在拒絕店員的推銷或不喜歡對方的提議時，以及感到反感或不想給對方添麻煩時使用。

⑥謝謝，可是我…
⑦謝謝，我不需要。

☆ お年寄りに席を譲る

リー♠：あのう、どうぞ。

老人♥：すみません、でも……。

リー♠：遠慮なさらないでください。僕は次の駅で降りますか
　　　　ら、さあ、どうぞ。

老人♥：そうですか。どうもありがとうございます。

リー♠：いいえ、どういたしまして。

　電車の中でリー君がお年寄りに席を譲る場面ですが、特に日本
のお年寄りは最初は遠慮して断るので、ぜひ「遠慮なさらなくて
もいいですよ。私は~から」と言ってみてくださいね。

讓位給老年人

　　上面是小李在電車裡讓位給老年人的場面。尤其是日本的老年
人，剛開始會因客氣而婉拒，此時請務必說「遠慮なさらなくても
いいですよ。私は~から」。

お年寄り：老年人

~に席を譲る：讓位

☆　どうしましたか？

リー♠：どうしましたか？

女性　：急にお腹が痛くなって……。

リー♠：救急車を呼びましょうか。

女性　：すみません。でも、大丈夫です。しばらく休めばよくなる
　　　　と思いますから。

リー♠：でも顔色が真っ青ですよ。じゃ、近くに病院がありますから、
　　　　僕の車でそこまでお連れしましょう。

女性　：どうもすみません。じゃ、お言葉に甘えて。

リー♠：いえいえ、困ったときはお互い様ですよ。

　最初は「～ましょうか」と相手の意向を尋ねていますが、二度目は
「～ましょう」と積極的な申し出をしています。そうする必要があ
るとリー君は確信しているからです。

怎麼了呢？

　　先是用「～ましょうか」來詢問對方的打算，接著再用「～ましょ
う」來積極提出自己的意見。因為小李確信有這麼做的必要。

救急車を呼ぶ：叫救護車

しばらく：暫時

顔色が真っ青：臉色發青

～をお連れする：陪同～

お言葉に甘えて：恭敬不如從命

困った時はお互い様：有困難時，互相扶持

☆　今日は僕におごらせてくれ

店の人：もう一本、お酒、おつけしましょうか。

リー♠：いいえ、結構です。これで帰りますから、お勘定をお
　　　　願いします。じゃ、山田君、そろそろ帰ろうか。

山田♠：うん、そうだね。この前、おごってもらったから、今日
　　　　は僕におごらせてくれ。

リー♠：いいの？ じゃ、遠慮なく。

山田♠：お姉さん、全部でいくらですか。

◉アメリカ式親切と日本式親切◉
　以前、日本に住んでいるアメリカ人のお宅に招待されたことがあります。
そこで驚いたことがずいぶんあります。
　その一例ですが、上手な日本語で「コーヒーにしますか、紅茶にします
か」とすすめられました。「コーヒーがいいです」と言うと、「お砂糖は
入れますか」と聞かれました。「いいえ、要りません」と言うと、今度は
「ミルクを入れますか、どうしますか」と聞かれました。「ミルクは要りま
せん」というと、やっと「わかりました」と答えてくれました。あれこれ具
体的に答えなればならないので、日本人の私は「面倒だなあ」と感じまし
た。
　日本人ならどうするかということですが、「コーヒーにしますか、紅茶に
しますか」で質問は終わったと思います。そして黙って砂糖もミルクも用
意してテーブルにおいたのではないでしょうか。
　あとは「お好きなように」とお客に任せます。お客の意向を細々聞くのは
失礼だという意識が働き、相手に任せた方がいいと考えるからです。
　相手の意思を尊重しようということは同じなのですが、その表し方の違い
に文化の違いが現れ、面白いものだなあと思った瞬間でした。もちろん、
人によって違いもあることでしょうが、文化によってある共通した行動様
式があるのは事実のようですね。あなたの国ではどうですか？

「いいえ、結構です」というはっきりした断り方がされるのはこのような場合です。また、山田君は「今日は僕におごらせてくれ」と申し出ていますが、「そうするのが当然だ」という気持ちが表れます。

なお、店の女の人が少し年輩者でも「お姉さん」と言った方がいいですね。「おばさん」では怒るかもしれませんから。

今日讓我請客

「いいえ、結構です」這種斷然拒絕的說法就用在如上面的場面。此外，山田提出「今日は僕におごらせてくれ」表達出「這麼做是理所當然」的意思。另外，對店內年紀稍長的女性通常稱呼「お姉さん」，若是叫「おばさん」是會挨罵的。

～に～をおごる：請客 　　　 酒をつける：加瓶酒

結構です：不用了 　　　　　 勘定：算賬

お姉さん：大姊

⊙**美式的體貼與日式的體貼**⊙

　　以前有一位住在日本的美國朋友，招待我去他家做客，結果發生了許多令我吃驚的事。舉其中一件事來說；當美國朋友用流利的日語問我，「コーヒーにしますか、紅茶にしますか」，我回答「コーヒーがいいです」之後，他接著問「お砂糖は入れますか」，我回答「いいえ、要りません」，他又接著問「ミルクを入れますか、どうしますか」，我回答「ミルクは要りません」，他才說「わかりました」。對於美國朋友的問題我非得具體地回應的這件事，身為日本人的我覺得有點麻煩。

　　這種場合，日本人只會問一句「コーヒーにしますか、紅茶にしますか」。然後將糖及奶精都放置在桌上，隨客人喜好自行取用。因為日本人認為——向客人詢問是失禮的，由對方自行決定比較適當。

　　同樣都是尊重對方意見的表達，但是因為文化差異而造成不同的表達方式，令我覺得相當有趣。當然也有因人而異的情況，不過文化造就某種共同的行為舉止卻是不爭的事實。你的國家怎麼樣呢？

☆　階段で困っている車椅子の人を見て

リー♠：お手伝いしましょうか。

A　♥：ありがとうございます。

リー♠：もう一人、必要ですね。

　　　……（通行人に向かって）……

　　　すみません。誰か男の方、手伝っていただけませんか。

　　　……（二人で車椅子を運ぶ）……

A　♥：ほんとうにありがとうございました。

リー♠：途中までお送りしましょうか。

A　♥：ありがとうございます。でも、ここからは一人でも大丈
　　　夫ですから。

リー♠：そうですか。じゃ、ここで。

車椅子の人が階段の前で困っているのを見て、声をかけました。

看到因樓梯而困窘的坐輪椅的人

看見坐在輪椅上的人在上樓梯前遇到困難而伸出援手的 場面。

車椅子：輪椅

〜を手伝う：幫忙〜

通行人：行人

〜に向かう：向……

〜を運ぶ：搬運

途中：半路

222

☆ お迎えに上がりました

リー♠：お迎えに上がりました。

お客♥：わざわざどうもすみません。

リー♠：お荷物をお持ちします。

お客♥：すみません。

リー♠：あのう、長旅でお疲れではございませんか。

お客♥：ええ、少し。

リー♠：でしたら、ホテルに直行いたしましょうか。少しお休み
　　　　になられた方がいいかと思います。

お客♥：ええ、そうしていただけると助かります。

　お客を空港に出迎えに行った場面です。リー君は「荷物をお持ちします」「ホテルに直行いたしましょうか」のようにはっきりした申し出をしています。個人的な好意としてでなく、当然なすべき仕事として申し出るときは、その方が適切です。

去迎接

　　上面是到機場去接客人的場面。小李明白地提議「荷物をお持ちします」「ホテルに直行いたしましょうか」，這並不是個人的好意而是對該做的工作提出建議，這是很適切的。

お迎えに上がる：去接機

わざわざ：特地

長旅：長途旅行

直行する：直接到

〜が助かる：得到幫助

223

課題会話

〈課題1〉道を尋ねられて

通行人：¹⁾＿＿＿＿＿＿が、JR の駅はどこでしょうか。

A 　　：駅ですか。でしたら私も駅に行きますから、ごいっしょ
　　　　²⁾（します→＿＿＿＿＿＿）。

通行人：ご親切にどうも。

A 　　：いいえ、³⁾＿＿＿＿＿＿。

　　通行人から道を尋ねられましたが、同じところに行くので一緒に行こうと申し出をした場面です。このような場合は「～ましょう」と積極的に申し出た方がいいでしょう。

被問路

　　上面是路人向A問路，恰巧A也要去那個地方，因此提議一起同行的場面。此時，用「～ましょう」積極地提議是不錯的。

　JR の駅：JR 車站

　ご一緒する：一起

　ご親切にどうも：多謝你的好意

〈課題1〉解答

1)→あのう、すみません　　　2)→しましょう

3)→どういたしまして

〈課題2〉訪問先（ほうもんさき）で帰（かえ）る時

A　　：では、もう遅（おそ）いので、¹⁾＿＿＿＿＿失礼（いつれい）します。

保証人（ほしょうにん）：じゃ、駅（えき）まで²⁾（送（おく）って行く→＿＿＿＿＿）か。

A　　：ありがとうございます。でも、³⁾＿＿＿＿＿です。もう道（みち）は

　　　　わかっていますから。

保証人（ほしょうにん）：そう。じゃ、気（き）をつけて。

　保証人（ほしょうにん）のお宅（たく）に呼（よ）ばれましたが、帰（かえ）らなければならない時間（じかん）に
なりました。相手（あいて）の申（もう）し出（で）に対（たい）して、相手（あいて）に負担（ふたん）をかけたくない
と考（かんが）えているときには、「ありがとうございます。でも、結構（けっこう）で
す」のように、はっきり断（ことわ）った方（ほう）が礼儀（れいぎ）にかなっています。

拜訪人家在要離開的時候

　　A受保證人的邀請到家中做客，到了回家的時刻，保證人提議
要陪同A去車站。A不想給保證人添麻煩所以明白婉拒「ありがと
うございます。でも、結構です」是合乎禮儀的。

　訪問先：拜訪地
　帰りしな：臨回去的時候
　〜に気をつける：小心〜

〈課題2〉解答

1)→そろそろ　　　　　2)→送っていこう／送っていきましょう

3)→結構

225

〈課題3〉こんな時、どう言いますか

ロールカード1

A: 教師のあなたは日本語研修のための社会見学の行き先として、どこがいいか学生たちから希望を聞いてください。

B: 学生のあなたは見学先を考えて、先生に提案してください。

ロールカード2

A: あなたは会社の部長です。経営が苦しいので社員のリストラをしなければなりません。リストラの提案をして、社員の意見を聞いてください。

B: あなたは部長のリストラ案に反対です。それを部長に伝えて、別な提案をしてください。

第七章　意見と感想編

　日本人が自分の意見や感想を述べるとき、「どちらともとれるような、曖昧な言い回しをする」というのは事実でしょう。しかし、実際は使い分けているのです。試しに夜の居酒屋に行ってみてください。そこで驚くほど率直な意見交換がされています。ここには「公と私」「内と外」という日本人を律している意識が反映されています。

意見與感想篇

　　日本人表達自己的意見或感想時，總是用「含糊不清、曖昧」的說法。但事實上，在不同的場合有不同的表達法。晚上走一趟酒館便可瞭解。在那裡你幾乎不敢相信日本人居然會那麼坦率地交換彼此的意見。這也許反映出日本人「公與私」「內與外」的自律意識。

1 意見や感想の述べ方

※ 学習者のハラハラ会話 ※

☆ 旅行の計画

課長♠：八月の親睦旅行、どこがいいと思う？ 箱根あたりはどう
だろう。

リー♠：¹⁾<u>それはちょっとありきたりです。</u>それより、海辺でキャ
ンプというのはどうでしょうか。

課長♠：若い社員は喜ぶだろうけど、年輩社員は嫌がるんじゃな
いかなあ。

リー♠：²⁾<u>そんなことはありません。</u>

♣

旅行計画

箱根あたり：箱根附近

ありきたり：沒有新意

海辺：海邊

キャンプ：露營

♣

耶！為什麼呢？

上面是小李詢問上司關於聯誼旅遊地點的場面。如果是日本人
的話不會用如此果斷的說法。

1)→ええ、でも、少しありきたりではないでしょうか。

2)→ええ、でも、そうとばかりは限らないのではないでしょうか。

【重點提示】 ∽∽∽∽∽∽∽∽∽∽∽∽∽∽∽∽∽∽

日本式的反駁方式

　　贊成對方的意見時，只要回應說「ええ、そうですね」即可，但是要反駁對方意見時，該怎麼說才好呢？

　　日本人即使反對對方的意見也不太會說「それは間違っている」。而是以「ええ、でも~じゃないでしょうか」、「それもいいですが、~という案もどうでしょうか」。先表示認同對方的想法後，再提出自己的疑點或意見。因此，外國人很難瞭解日本人究竟是在說 YES 或 NO，可是這種留有協調空間的說法，可說是日本人的生活智慧。

日本人歸納性的思考模式

　　日本人即使在議論或交涉的場合中，也都是從與主題無關的話題開始談起，然後再慢慢地談到議論的主題重點。這就是常被人說；「日本人說話拐彎抹角」的緣故。

　　日本人認爲結論是經協調後得到的結果，而非「一開始就下結論」。這是因爲他們深信價值觀是相對的，沒有絕對真理的存在。所以產生日本人儘量避免對立性的議論，尋求經協調後，大家都能認同的結論的歸納性思考模式。換句話說，日本人難以接受歐美式用爭論是非來決定事情的方式。不過，我認爲今後的國際社會也該重視認同多元化價值觀的日本式思考模式。

よく使う表現

☆ 意見や感想の聞き方

① ～は、どう-ですか

▽～は、どう-? ♠/だ（い）？

△～はいかが-ですか

② ～について〔どう／どのように〕-思いますか

▽～について〔どう／どのように〕-思う?

△～について〔どう／どのように〕-思われますか／お思いに

なりますか／お考えですか

③ ～についての〔お考え／ご意見〕をお聞かせください

☆ 意見や感想の述べ方

④ ～ます／～です

▽～する（よ♥／わよ）／～だ（よ♥／わよ）

⑤ ～と思います

▽～と思う（よ♥／わよ）

⑥ ～じゃないかと思います

▽～じゃないかと思う（よ♥／わよ）

⑦ ～のではない-でしょうか

▽～んじゃない-? ♠/か／かなあ／かしら♥？

☆　**詢問他人意見或感想的方法**

　　①「日本の生活はどうですか」爲禮貌性問候語。②是針對一個問題希望其他人能夠提出具體意見或感想時的詢問方法。③較多用於會議場合或研討會。

①你覺得…如何？
②關於這件事你有什麼想法？
③請對這件事提出您的看法／意見。

☆　**意見或感想的陳述方法**

　　④是明確表達意見及想法的說法，爲使語氣委婉，通常會像⑤的句型，在句尾加上「～と思う」。

　　⑥⑦是避免斷定語氣的委婉說法，除此之外，也會用「～かなあ」「～かしら」等推測的句型以避免斷定的語氣。

1)→たぶん（⇔おそらく）～する（だろう／でしょう）

2)→もしかしたら（⇔もしかすると）～かもしれない

3)→～ようだ

4)→～そうだ〈様態〉

5)→～らしい

④這件事是…

⑤我的看法是…

⑥我想應該是…

⑦不是應該這樣的嗎？

☆　相手の意見に同意するとき

①　〔ええ／ほんとうに…〕そう-ですね

▽　〔ええ／ほんとうに〕そう-だね／ね♥

②　ええ、そう思います

▽うん、そう思う（よ／ね）

③　全くおっしゃるとおり-です

▽全く言うとおり-だ（よ／ね）

④　（～の意見に）同感-です／賛成-です

▽　（～の意見に）同感-だ（よ／ね）／賛成-だ（よ／ね）

☆　相手の意見に反対するとき

⑤　ええ、でも……

⑥　でも、そう-でしょうか

▽でも、そう-だろうか♠／かなあ／かしら♥

⑦　でも、それは少し～じゃない-でしょうか

▽でも、それは少し～じゃない-？／だろうか／かなあ／かしら♥

⑧　そうかもしれませんが、でも……

⑨　確かにそういう見方もありますが、しかし～

⑩　そう言えないこともないですが、しかし～

⑪　おっしゃることはわかりますが、しかし～

232

☆　同意對方意見時的說法

①②是最常用的表同意的說法。「うん／ええ／確かに／本当に／なるほど」等副詞就算是單獨使用也有表同意的意思。③④則有表全面性贊成的意思。

①嗯，是這樣子呀
②我也這麼想
③正如你所說
④我同意／贊成你的意見

☆　反對對方意見時的說法

⑤～⑧是提示疑問點或先表認同對方的想法後再提出自己看法的表現法。⑨～⑪則多用於討論或是會議等正式的場合中，在「しかし」之後才開始提出反對的意見或論點。

⑤沒錯，可是…
⑥不過…
⑦但是這樣有點…
⑧也許是這樣，但是…
⑨的確也有這種意見，但是…
⑩不能全盤否定，可是…
⑪我能理解你的看法，可是…

☆ 長生きは幸せか

リー♠：長生きは果たして幸せなんだろうか。

良子♥：健康が第一条件だと思うけど、やはり寿命を全うできる
　　　　のが幸せだと思うわ。

リー♠：そうとばかりは言えないようだよ。ある老人ホームでの話だ
　　　　けど、衣食住は満たされていても、何もやることのない毎日は
　　　　死ぬほど辛いと言ってた。ここには生き甲斐がないって。

良子♥：う～ん、考えさせられる話ねえ。

━━━━━━━━━━━━━━━━━━━━━━━━━━━━━━━━━

　　夫婦や親しい友人の間での会話では、婉曲表現はあまり使われ
ません。

長壽是幸福嗎？

　　夫妻或親友間的對話可以不用婉轉的表達法。

長生き：長壽

果たして～だろうか：果真是～嗎？

やはり：還是

寿命を全うする：享盡天年以終

～とばかりは言えない：不可說全然都是…

老人ホーム：老人院

衣食住：衣食住

～が満たされている：得到滿足

生き甲斐：生命價值

☆ 嘘に決まってる

山田♠: 係長が「うちの息子は優秀で、東大合格は間違いなしと言われている」なんて自慢してたけど、ほんとうかなあ。

百恵♥: 嘘に決まってるじゃない。あの係長からそんな優秀な息子が生まれるはずがないでしょ。

リー♠: うん、でも、まんざら嘘でもなさそうだよ。「鳶が鷹を産む」ってこともあるからなあ。

同僚が集まって係長の自慢話について話し合っています。係長が聞いたら怒り出すようなことでも平気で言っています。こうした会話は親密な関係であってできることで、もし日本人があなたにこうした会話をするようなら、その日本人はあなたを仲間と認めている証拠です。

一定是在吹噓

同事聚在一起聊上司的八卦，就算是被上司聽到會生氣也不在乎。這樣的對話只會出現在關係親密的同事或朋友之間，所以如果有日本人與你做類似這樣的對話，表示那位日本人是把你當做伙伴看待。

～を自慢する：得意…

嘘：吹噓

～に決まっている：必定是……

～間違いなし：準……沒錯～

～はずがない：沒有…的道理

まんざら：不一定

鳶が鷹を産む：歹竹出好筍（喩青出於藍）

235

☆ 外国人労働者問題をどう考える？

佐藤♠：課長は、外国人労働者の受け入れ問題についてどう思われますか。

課長♠：うちの会社でも国際化ということで、積極的に受け入れようということになっているが。

リー♠：でも、専門技能を持っている人に限られていますよねぇ。

課長♠：いわゆる単純労働力を受け入れると、日本の失業問題が深刻になるだろうし、国としては当然の選択だと僕は思うね。

佐藤♠：そうですね。でも、中小の製造業や建築業は、多くは不法就労者である彼らの存在抜きには成り立たないのが現実のようです。

課長♠：確かにそうだが、かといって、法治国家である限り、不法就労者が増えるのは困るだろう。

リー♠：おっしゃるとおりですが、僕としては少なくとも彼らを犯罪者扱いしないでほしいと思っています。彼らにも人権はありますから。

◉ 神々の住む国、日本 ◉

　「日本人は子供が生まれたら神社にお参りをし、結婚式はキリスト教の教会でし、葬式は仏教でするが、どうなっているんだ？」という疑問が投げかけられますが、これは一神教の発想で、日本は昔から神々が住む多神教の世界なのです。日本生まれの神も、高麗神社のような朝鮮生まれの神も、ネパールの仏陀も、キリストも多くの神々の一人として共存する多元的社会なのです。

　むしろ異常だったのは、天皇を現人神とし、仏教もキリスト教も弾圧した天皇制国家で、そもそも古代国家「奈良（ナラ）」は朝鮮語で「国」、つまり日本の生い立ちそのものが国際的なのです。また、日本人そのものがモンゴル原住民族と、朝鮮族、大陸倭族、南方系民族などの混血ですから、当然そうなるわけです。

您如何看待外勞問題？

外国人労働者：外勞	〜を受け入れる：接受〜
国際化：國際化	積極的（な）：積極地
専門技能：專業技能	単純労働力：單純勞動力
〜が深刻になる：〜變嚴重	不法就労者：非法勞工
〜抜きには：不談〜	〜が成り立つ：成立〜
〜である限り：只要是〜	かといって：但是
犯罪者扱い：當成犯人看待	人権：人權

☆ 〈感想文〉ネパール人から見た日本

　私が生まれたのは、ネパールのカトマンズからバスに乗っても半日かかる小さい村だ。だから日本に来たばかりの時は、見るもの聞くものが珍しく、驚きの連続だった。

　それからもう一年が過ぎた。そして最近は冷静に日本という社会を観察できるようになった。不思議に思ったのは、電車に乗っている人たちの多くが黙りこんで、朝から疲れた様子で、少しも幸せそうにないことだ。私たちネパール人から見れば夢のような豊かな社会に暮らしているのに、どうしてなんだろう？

◉多神教的日本◉

　「生了小孩到神社參拜、結婚儀式在基督教堂舉行、喪禮採用佛教儀式，日本人爲什麼會這樣呢？」有人提出這樣的疑問。依一神教的理念來看，日本自古以來就是住了很多神仙的國家。無論日本神也好、高麗神社中的朝鮮神也好、尼泊爾的佛陀也好、耶穌基督也好，各路神仙皆以神的姿態共存於多元化的日本社會中。

　異常的是；日本是一個將天皇人神化，鎮制佛教、基督教的天皇制國家。原本古代國家「奈良（ナラ）」用朝鮮話的意思爲「國家」。因此日本國家的形成原本就具有國際性。而且，日本人是由蒙古原住民族、朝鮮族、大陸倭族、南方系民族等不同種族的混血而來，所以日本才會變成這麼多元化。

私の村は貧しい。学校はあるけれど、病院はまだない。しかし村中に笑いがあふれている。例えば、私がいつものように朝起きて鶏の世話をしていないのを知ると、近所の人がやってきて、「タパちゃんはどうしたの」と心配してくれる。誰かの家に病人が出ると、村のみんなが農作業の手伝いをする。今の私はそんな故郷の村がとても懐かしくなる。そして私の国には日本にない豊かさがあると思えるようになった。

どうして日本人は幸せそうではないんだろう。物が豊かになっても、人の幸せは増えないのだろうか。そんな疑問が、いつも私の頭をかすめる。

これは教え子であるタパ君というネパールの学生が、外国人スピーチ大会の原稿として書いたものの抜粋です。

◉酒の席で聞ける日本人の本音◉

ある学生がアルバイト先の先輩と酒を飲みに行ったときの話をしてくれました。その先輩は職場では店長に「はい、はい」と従順に従う部下です。ところが酒を飲み始めると、出るわ出るわ、店長の悪口。

事実、サラリーマンの酒の席での話題はほとんど会社内のうわさ話や上司の悪口ですね。会社のような縦の秩序がしっかりした公的な場所では、言いたくても言えなかったことが、同じ立場に立つ同僚との横の関係になると、口から吹き出るのですね。たぶん、それで心のバランスが保たれているのです。

酒は「心の憂さの捨て所」ですから、日本人の本音が聞きたかったら、居酒屋に誘えばいいのです。

尼泊爾人眼中的日本〈感想文〉

　　這篇短文是摘錄自一位尼泊爾學生參加外籍人士日語演講大會的草稿。

　　ネパール：尼泊爾

　　カトマンズ：Katmandu 加德滿都

　　珍しい：新奇的

　　〜の連続だ：一連串〜

　　豊か（な）：富裕

　　〜ようになった：變成〜

　　〜が黙り込む：沈默無語

　　〜があふれる：充滿〜

　　懐かしい：令人懷念

　　〜が頭をかすめる：縈繞在心頭

◉在酒席間可聽到日本人的真心話◉

　　有一位學生告訴我，他和打工地方的前輩一起去喝酒時的事。那位前輩在店裡是一位順從店長指示乖順的員工，然而喝了酒後，就開始數落店長的不是。

　　事實上，上班族一起喝酒時的話題，不外乎談論公司內的傳言或是數落上司的不是。在公司那種必須遵守上下階級關係的正式場合中，有些話想說卻不能說，但是與相同立場的同事在一起時，就會脫口而出，也許發了牢騷之後，心裡比較能夠平衡吧！

　　「藉酒消愁」，如果想聽日本人的真心話，就邀他上小酒館喝一杯就行了。

課題会話

〈課題 1〉景気回復の見通し

A ♠：来年あたりから景気は回復すると経済企画庁が見通しを
　　　発表したけど、君は¹⁾＿＿＿＿＿？

同僚♠：そうあってほしいけど、そんなに状況は甘くない²⁾＿＿＿。

A ♠：やはり、少し楽観的すぎる見方（³⁾かしら／かなあ）。

---

　3)は「〜だろうか」に相当する口語ですが、A（＝男）はどちら
を使ったらいいですか。

預測景氣復甦

　3)相當於「〜だろうか」的口語形，A（＝男）應該使用哪個
說法才對呢？

〜あたり：大約	景気が回復する：景氣恢復
経済企画庁：經濟規劃廳	見通し：預測
〜を発表する：公佈〜	状況：情況
甘い：樂觀	やはり：果然
楽観的すぎる：太樂觀	見方：看法

〈課題 1〉解答

1)→ どう思う　2)→ んじゃない　3)→ かなあ

〈課題2〉上海旅行の感想を聞く

A ♥：上海旅行は ¹⁾＿＿＿＿？

同僚♥：すごく楽しかったわ。それにしても、あの街全体にみなぎる活力は、いったいどこから来る ²⁾（んだろう／のかしら）。

A ♥：確かに ³⁾＿＿＿ね。私も行ったことがあるけど、あの街には他の大都市とは違った独特の雰囲気があるわね。

---

1)は相手に感想を聞く表現法ですが、時制に注意してください。また、この会話の同僚は女言葉を使っていますから、文体を統一してください。

詢問上海旅行的感想

1)是詢問對方感想的表達法，請注意時態。此外，上面那段同事間的對話是使用女性用語，文體必須統一。

すごい（→すごく）：非常　　　　それにしても：儘管如此

～が～にみなぎる：瀰漫～　　　活力：精力

いったい～か：究竟　　　　　　確かに：的確

大都市：大城市　　　　　　　　独特（な／の）：獨特

雰囲気：氣氛

〈課題2〉解答

1)→どうだった　2)→のかしら　3)→そう

241

2 討論会での発言の仕方

☆ 「いじめ問題」についての討論会

司会 ：本日司会を務めます○○○○と申します。どうぞよろし
くお願いします。

　　　さて、本日は、今、教育現場で深刻な問題となってい
る「いじめ問題」について、みなさんにご討論いただき
たいと思います。この討論を通して、視聴者のみなさん
と共に解決の道を探っていけたらと思っています。

　　　早速ですが、「いじめ問題」の調査研究をなさってい
る○○大学のＡ教授から討論の口火を切ってただけたら
と思いますが、いかがでしょうか。

Ａ教授：はい。昔から「いじめ」というのはあったんですが、主とし
て共同体の秩序を乱す者や外部の者に向けられていたわけ
です。それが「村八分」とか「よそ者」という言葉ですね。

　　　（244 ページにつづく）

　これはテレビ討論会の一風景です。ここでは公式の会議や討論
会で使う言葉を取り上げました。

　この会話の司会の言葉は常套表現ですが、それぞれの場面でど
のような表現が使われているか、注目してください。

1. 会議・討論会を始めるときの挨拶とテーマの説明
2. 最初の議題を取り上げ、発話を促す
3. 発話者の意見に対して賛否を求める
4. 発話者に希望や注意を述べる
5. 議論の内容を整理し、議論の方向を決める
6. 会議・討論会を終えるときの挨拶

討論會上發言的方法

　　這是電視討論會的一個場景，在這段對談中，運用了許多在正式會議及討論會中使用的專門用語。主持人的台詞是慣用表達，請留意在哪種場合應使用哪種表達法。

1. 會議‧討論會的開場白與說明主題
2. 提出第一個議題並促誘與會人員發表意見
3. 尋求與會人員是否贊成發表者的意見
4. 對發表者的內容陳述期許或注意事項
5. 整理討論內容並決定討論的方向
6. 閉幕詞

討論会：討論會
いじめ問題：恃強凌弱問題
～を通して：透過
解決の道を探る：尋求解決之道
主として：主要
村八分：全體村民對違背村約的
　　　　人或人家（除火災或葬
　　　　禮之外）實行斷絕往來
　　　　以示懲戒
よそ者：不相干的人
異質（な）：不同性質（的）
むかつく：生氣
無差別化する：不分好壞
なるほど：原來如此
～を罰する：懲罰～
～が問われる：被追究～
提起と関連して：關於提到（的問題）
もっとも（だ／な）：合乎道理

発言：發言
深刻（な）：嚴重
～と共に：共同～
口火を切る：起頭～
秩序を乱す：擾亂秩序
～わけだ：…的意思
不快感を感じる：覺得不高興
排除する：排除
～（よ）うとする：打算做～
～べき（N）：應當～
～に至る：達到～
深刻さを増す：更加嚴重
あり方：應有的規範
いじめ相談室：輔導室
カウンセリング：輔導
～による：由於～

ところが現在の「いじめ」を一言で言うと、自分と異質なものに不快感を感じ、それを排除しようとする行爲と言えるでしょう。これを彼らは「むかつく」という言葉で表しています。

　しかし、そこには守るべき共同体もなく、いじめる対象も無差別化しているのです。そして誰もが「いつ自分がいじめられるかもしれない」という不安の中にあるのではないでしょうか。

司会　：なるほど、「いじめ」は無差別化し、一層その深刻さを増しているということですね。

A教授：そうです。単にいじめた者を罰するだけでは解決できない、広く教育、いや社会全体のあり方が問われていると考えています。

司会　：では、今のご提起と関連して、いじめ相談室で子供たちのカウンセリングをなさっているB先生から、ご意見をいただけませんか?

◉目立つことを恐れる子供◉

　調査報告によると、「いじめ」の対象は「自分たちと異質」と見なされた者で、勉強ができたりクラスでのリーダー役だったりする子供も含まれています。ですから子供たちは他の子たちと違った言動をしたり、積極的に行動したりして目立つことを極端に恐れることになります。

　こうして国会や教育現場でも学校教育制度改革の議論がわき上がっているのですが、議論から「生き方や価値の多様性を認め合える日本社会のあり方」という点が抜け落ちているようです。学校は大人社会の縮図なのですから、学校だけを変えることはできないと思うのですが、……。

B医師: Ａ教授のご意見はごもっともなのですが、親にも友人にも教師にも相談できずに死んでいく、そんないじめによる自殺が多発しているなかで、何よりもまず子供たちの命を救うことが最優先ではないかと思うわけです。私は学校と地域の親たちと専門家が協力しながら、子供たちの「駆け込み寺」をつくることから始めたらどうかと思うのです。

Ｃ　　　: すみません。発言よろしいですか?

司会　: はい、どうぞ。

何よりもまず：最重要的　　　　　命を救う：救命

最優先：最優先

駆け込み寺：幫助有困難的人的寺院

リストラにあう：被解僱

中高年サラリーマン：中高年上班族

これ見よがしに：誇耀

嫌がらせをする：騷擾

⦿**害怕引人注目的小孩**⦿

　　根據調查報告，「欺悔」的對象，通常是被視為「異於自己」的人，包括功課好的小朋友或是班上的領導人物。因此，小孩子很害怕自己的言行舉止，和其他的小朋友不一樣，或是太積極的表現而引人注意。

　　對此問題，國會教育相關人員熱烈地討論學校教育制度的改革。但是沒有去思考到「日本社會的規範是相互認同多元化的生活方式及價值觀」這一點。學校是大人社會的縮影，因此，我認為不只是改革學校教育就可以解決校園恃強凌弱的問題。

C　：「いじめ問題」は子供たちだけの問題ではありませんよね。例えば、企業のリストラにあっている中高年サラリーマンがそうです。これ見よがしに嫌がらせをされたり、仕事を取り上げられたり、これは大人社会のいじめそのものですよ。こうした人たちが心の病気になったり、自殺するといったケースも今では珍しいことではありません。ですから「いじめ問題」を子供と教育の問題としてだけとらえても、ことの本質は見えてこないのではないかと思うのです。

司会：ただ今、Ｃさんから貴重なご指摘をいただきましたが、本日の中心テーマは教育現場における「いじめ問題」ですので、できるだけ本題から外れないようにお願いします。
　　　……（討論は続いたが、終わりの時間になる）……

司会：誠に残念なのですが、予定の時間がきてしまいました。問題が問題だけに結論に至るまでには行きませんでしたが、この討論会を通じて解決への糸口が少し見えてきたのではないかと思います。

　　　本日は貴重なご討論、誠にありがとうございました。

◉リストラと日本型経営の変容◉

　日本には終身雇用制・年功序列型賃金・企業内労働組合など、日本型経営を支えた長期雇用慣行が存在していました。これによって企業は大きな擬似家族共同体を作っていたわけですし、「会社に尽くす働き蜂」とも評された日本人を作り、世界第二位の経済大国を作り出したと言えるでしょう。

　ところが最近のリストラは企業に忠誠を尽くしてきた中高年層や管理職にまで及んでいて、このことが日本人の企業観や仕事観を大きく変えつつあるようです。「いざとなったら会社は冷酷だ」という意識がじわじわと浸透しつつあります。今後、企業はリストラで経費削減を得る反面で、社員の忠誠心を失うということになるかもしれません。

　しかし、これは日本社会のあり方を再検討する好機かもしれません。

246

ケース：案例

珍しい：稀少

〜としてとらえる：把〜當作

中心テーマ：主題

〜における：在〜

本題から外れる：脫離主題

結論に至る：得到結論

〜とまで行かない：還沒到…的地步

解決の糸口：解決之道

◉裁員與日本式經營的改觀◉

在日本，終身雇用制、年功序列型工資及企業內工會等支撐日本式經營的長期雇用制度，其存在已久。這種雇用制度使日本的企業擬似是一個家族共同體，因此日本人被評為「為公司鞠躬盡粹的工蜂」，並登上世界第二經濟大國的寶座。

可是，近年來就連對公司忠誠不二的中高階層以及管理階層的人都遭到解僱。顯見日本人的企業經營觀及事業觀似乎有了重大的改變。「一旦出了事，公司是殘酷的」，這種意識漸漸滲入公司的員工。今後，日本企業透過裁員達到精簡經費，但另一方面也漸漸失去員工的忠誠心。

不過，這也是日本社會規範再檢討的好契機。

課題会話

〈課題1〉討論会を始めるとき

　ただ今から討論会を始めます。本日の司会を[1]＿＿＿＿○○と申します。どうぞ[2]＿＿＿＿。

　さて、本日の討論のテーマは「ゴミ問題とリサイクル社会」ですが、ゴミ問題は私たちの身近な問題でありながら、なかなか解決できないでいるのが現状ではなかろうかと思います。……

　まず討論の口火を田中教授に切っていただきたいと思いますが、[3]＿＿＿＿＿。

　討論会を始める時の常套表現です。

開始進行討論會時

　　上面是討論會開場時常用的表達法。

　ゴミ問題：垃圾問題

　リサイクル社会：資源回收社會

　身近（な）：切身的

　なかなか～ない：不容易～

　なかろう：（＝「ないだろう」）不…吧！

〈課題1〉解答

1)→務めます　　　　　2)→よろしくお願いします

3)→いかがでしょうか

〈課題2〉討論会を終えるとき

　まだまだこの討論会を続けたいのですが、¹⁾＿＿＿＿予定の時間が来てしまいました。

　発言者の皆様方には十分な発言時間が取れなかったことを、司会者として申し訳なく思っています。しかし、この討論を通してリサイクル社会の実現には市民一人一人の自覚と参加が不可欠であることが明らかになってきたのではないかと思います。

　最後になりますが、司会が不慣れなため、いろいろ不手際がありましたことを²⁾＿＿＿＿。本日は有意義なご討論を、みなさん、どうも³⁾＿＿＿＿。

　討論会を終える時の常套表現です。

結束討論會時

　上面是討論會結束時常用的表達法。

自覚と参加：自覺與參與

～に～が不可欠（な）：對～不可欠缺

～が明らかになる：明白

不手際がある：掌握得不好

有意義（だ／な）：有意義

〈課題2〉解答

1)→残念ながら／残念ですが　　　2)→おわびいたします

3)→ありがとうございました

〈課題3〉こんな時、どう言いますか

ロールカード1

　　日本の＿＿＿について意見や感想を述べてください。

〔テーマ例〕

　　食べ物について

　　家について

　　交通について

　　若者について

　　子供について

　　サラリーマンについて

　　家庭について

　　商品について

　　テレビ番組について

　　教育について

ロールカード2

　　上記のそれぞれについて、反対の意見や感想を述べてください。

第八章　助言と指示編

　日本人が助言するとき、目上の人に対して「～方がいい」のような直接的な表現を使うことはありませんし、会社の上司が部下に対して業務上の指示をするときも「～なさい」などの命令表現を使うことはないでしょう。母語で許される表現をそのまま日本語に置き換えて使うと、大変な失敗をすることになります。

建議及指示篇

　　日本人向他人提出建議時，如果對象是長輩，就不會使用「～方がいい」來直接表達。公司的上司對部屬有業務上的指示時，也不會使用「～なさい」命令表達法。也許在你的母語中這樣的表達是被允許的。可是如果用在日語，可能會造成不堪設想的後果。

1 助言や勧告の仕方

※ 学習者のハラハラ会話 ※

☆ 上司から相談を受けて

課長♠：今日、中国からお客様が来られるんだけど、歓迎会にはどんな料理をお出しすればいいかなあ。やはり中華料理かなあ。

リー♠：1)いいえ、それはよくないと思います。せっかく日本にいらっしゃったんですから、和食で2)おもてなしした方がいいです。

課長♠：じゃ、念のため、君の方で事前にお客様のご希望を伺っておいてくれないか。

♣

上司找你商量

　　歓迎会：歡迎會

　　～をもてなす：請客

　　せっかく：特意

　　念のため：為了慎重起見

耶！爲什麼呢？

　　上面是小李向課長提建議的場面。小李的說法太直接了，會引起對方不高興。

1)→さあ、それはどうでしょうか

2)→おもてなししたらいかがでしょうか

252

【 重點提示 】 ∞∞∞∞∞∞∞∞∞∞∞∞∞∞∞∞∞∞∞∞

☆ 對長輩禁用「～方がいい」

「～方がいい」「～たらいい」是上位者對下位者使用的說法，若是對上位者這麼說的話，就太沒禮貌了。但是，若用「～方がいいんじゃないでしょうか／～方がいいんじゃないかと思います」這種委婉的說法又顯得太柔和了，應避免使用才好。這種情況最好用「～たらいかがでしょうか」做建議表達，由對方來做判斷。同樣一件事稍為改變說法，便能呈現不同的語感，這是說話技巧之一。

向長輩提出忠告，寫信是最好的方式

當對象是長輩或上司時，要當面提出建議或忠告是需要勇氣的，因為提建議或忠告即指摘對方的缺點，用口頭來說比較容易情緒化，弄不好事情反而會變得複雜。

這種情況寫信是最好的方式，可以冷靜地表達想傳達的事。並不是對上司提「忠告」，而是要以比較禮貌、冷靜地寫下自己對上司的期望比較好。下面登錄一篇「勸戒上司性騷擾的信」為例。

よく使う表現

☆　助言を求めるときの前置き

① ～んです-が／けど／けれど

▽～んだ-けど／けれど

② ～の〔こと・件…〕です-が／けど／けれど

▽～の〔こと・件…〕だ-けど／けれど

☆　助言を求める

③ ～方がいい-ですか／でしょうか

▽～方がいい-?♠／だろうか／かなぁ／かしら♥

△～方がよろしい-ですか／でしょうか

④ どうしたら（⇔すれば）いい-でしょうか

▽どうしたら（⇔すれば）いい-?♠／だろうか／かなぁ／かしら♥

△どうしたら（⇔すれば）よろしい-ですか／でしょうか

⑤ ～は〔いつ・どこ・だれ…〕がいい-でしょうか

▽～は〔いつ・どこ・だれ…〕がいい-?♠／だろうか／かなぁ♥／かしら

△～は〔いつ・どこ・だれ…〕がよろしい-ですか／でしょうか

254

☆　徵求意見時的開頭語

　　徵求意見時，先以①②為開頭語，接著再尋求建議。開頭語用「～が」是比較正式的說法，如果是與朋友對話，則用「～けど／～けれど」比較自然。實際上，對話時用以下的說法當開頭語就可以了。

リー:　A 社との契約の件ですが、……

課長:　しばらく、部長の判断を待とうじゃないか。

①我想和你談論關於…

②關於那件事…

☆　徵求意見

　　③是徵求意見最明確的表達法。④⑤可用在徵詢意見，也用在間接尋求建議。

③我該怎麼做呢？

④我該怎麼做才好呢？

⑤〔什麼時候／哪裡／誰〕比較好呢？

☆　**助言や勧告をする**

① 　〜たらどう-ですか／でしょうか

▽〜たらどう-？／だろうか／かなぁ／かしら

△〜たらいかが-ですか／でしょうか

② 　〜方がいい-と思います／でしょう／んじゃないでしょうか

▽〜方がいい-と思う（ね／よ／わよ）／だろう／んじゃない？

△〜方がよろしい-のではないでしょうか

③ 　〜たらいい-と思います／でしょう／んじゃないでしょうか

▽〜たらいい-（ね／よ／わよ）／と思う（ね／よ／わよ）／だろう／んじゃない？

④ 　〜ようにして-ください／もらえませんか

▽〜ようにして-くれ／くれない／もらえない？

△〜ようにして-くださいませんか／いただけまんか

⑤ 　〜べき-です／だと思います／でしょう

▽〜べき-だ（ね／よ／わよ）／だと思う（ね／よ／わよ）／だろう

▽〜べきじゃ-ない？／ないかなあ／ないかしら

△〜べきでは-ないでしょうか／ないかと存じます／ないかと思われます

☆ 建議或勸告

由對方徵求意見者稱為建議，若對方沒有徵求意見而是自己主動提出意見者稱為勸告。勸告時大多使用下列句子做前言。

話そうかどうか、ずいぶん迷ったんだけど

余計なことかもしれませんが

一般對長輩使用②③的句型時，會在句尾加上「～と思いますが／～んじゃないでしょうか」。但是有時候仍會被視為「沒禮貌的傢伙」，所以還是用①提案形式（Δ印）最恰當。不論用哪種表達法，「～でしょうか」會比「～ですか」有禮貌。

①你何不…？

②我認為你…不是比較好？

③這麼做是不是比較好？

④是藉由請託形式做間接的建議及勸告，若是用較嚴厲的語氣則近似命令。

⑤當使用在強迫對方反省或忠告的場面。「～べきだ」是義務表達法的一種，若對象是長輩則請用「～べきではないでしょうか」「～べきではないかと存じます」，較為委婉。

④可否請你…

⑤你應該…

━━━━━━━━━ **応用会話例** ━━━━━━━━━

☆ 先生に受験の助言を求める

あなた：どの大学を受験したらいいか、迷っているんですが、ど
　　　　うしたらいいでしょうか。

先生♠：確か君の第一志望はＡ校だったね。

あなた：はい、そうです。でも、自信がなくて。

先生♠：万一の時のために、Ａ校の他に、滑り止めにＢ校も受け
　　　　ておいたらどうだ?

　「～たらいいでしょうか」は目上の人に助言を求める時に一番よ
く使われる表現です。教師ですから、「～方がいい」とはっきり
助言してもいいのですが、相手の意思を尊重するなら、「～たら
どうですか」を使うでしょう。

徴詢老師參加考試的意見

　　「～たらいいでしょうか」是對長輩徵詢意見時最常用的說法。
因為提出建議的是老師，所以可以直接用「～方がいい」來表達自己
的意見，如果要尊重學生意見的話，就用「～たらどうですか」。

　　～を受験する：應試

　　～に迷う：猶豫不決

　　確か：確實

　　第一志望：第一志願

　　自信がある：有自信

　　万一の時：萬一

　　滑り止め：止滑，多報考幾所學校以防落榜

☆　何をプレゼントしたらいい？

良子♥：ねえ、あなた、陳さんの卒業プレゼントだけど、何がい
　　　　いと思う？

リー♠：実用的なものが一番だよ。例えば電子手帳なんかはどうか
　　　　な？

良子♥：いいアイディアね。

リー♠：ちょっと待って。やっぱり、何がほしいか、直接本人に
　　　　聞いてからにした方がいいよ。もし、もう持っていたら
　　　　無駄になるから。

　夫婦や親しい友人の間での会話では、「～たらいい？ ／～た
らいいかなあ」が普通です。遠慮のいらない関係では、「～方がい
い／～が一番だ」のように言ってもかまいません。

送什麼東西好呢？

　　夫妻和親友間的對話一般用「～たらいい？ ／～たらいいかな
あ」，如不需顧慮彼此的關係，也可以用「～方がいい／～が一番
だ」的說法。

卒業プレゼント：畢業禮物

実用的（な）：實用性

例えば：例如

電子手帳：電子記事簿

～なんか：…之類

どうだい：如何

アイディア：主意

無駄になる：浪費

☆　どんな物がいいでしょうか

アン♥：地域の国際交流協会でお会いした方に自宅に招待されたんですが、どんな手土産を持っていたらいいでしょうか。

先生♥：カステラとか水ようかんとか、ちょっとしたお菓子はどうかしら。一番無難だと思うわ。

アン♥：ほかに何か気をつけた方がいいことは?

先生♥：普段のあなたのままでいいわよ。ただ、後でお礼の手紙を忘れないようにね。

　地域ではこうした国際交流が活発になっていますから、そこで知り合った家庭に呼ばれるといった機会もあるでしょう。このような場合はお菓子類を持っていくのが無難ですね。

什麼東西好呢？

　　各地方很盛行這樣的國際交流活動，也許會有受邀到朋友家做客的機會，參加這種活動時，帶小點心去準沒錯。

国際交流協会：國際交流協會

自宅に招待する：請客人到家裡來

手土産：隨手攜帶的禮品

カステラ：蛋糕

水ようかん：軟羊羹

無難（な）：不受非議

普段のまま：平常的樣子

☆　どうしたらいいかと思って

アン♥：先生、卒業文集づくりのことですが、締め切りが過ぎているのに、なかなか原稿が集まらないんです。どうしたらいいでしょうか。

先生♥：編集委員会から催促したらどう？

アン♥：それが、私たちからいくら言っても、駄目なんです。それで、どうしたらいいかと思って……。

先生♥：困ったわねぇ。じゃ、今日の授業で私からも言っとくわ。

　先生に助言を求めている場面です。「～たらどう／～たらどうだ？」はこうしたときに一番よく使われる勧告の表現です。

該怎麼處理才好呢？

　　上面是向老師詢問意見的場面。「～たらどう／～たらどうだ？」是這種情況最常使用的勧告表達句。

卒業文集づくり：製作畢業文集

締め切り：截止日

～が過ぎる：過了～

なかなか～ない：很難

原稿：草稿

～が集まる：收集

編集委員会：編輯委員會

～を催促する：催促

～とく：「～ておく」的口語形

☆　留学についての助言

知人　：今度、娘が一年ほど中国に留学することになったんです
　　　　が、どんなことに注意したらいいでしょうか。

リー♠：そうですねえ。日本のように水がよくありませんから、
　　　　生水は決して飲まないことですね。学校にも食堂にも
　　　　必ず湯冷ましが置いてありますから、それを飲むように
　　　　した方がいいでしょう。

知人　：食べ物はどうでしょうか。中華料理は脂っこいので、毎回
　　　　食べていると日本人はよく下痢をすると聞いたんですが。

リー♠：確かに。しかし、それは最初だけで、すぐ慣れると思います
　　　　よ。

知人　：天候のこととか、人づきあいのこととか、他にもいろい
　　　　ろ心配があるんですが。

リー♠：それらのことは、中国の生活や風土や習慣について書かれ
　　　　た本を読まれたらいかがですか? 中国についての知識は、
　　　　多いに越したことはありませんから。

262

知り合いの日本人の知人から、娘さんの中国留学について助言を求められた場面です。「〜いいでしょう」という表現は、断定を避けるためにだけ使われていて、推量を表しているのではありません。

　なお、「〜に越したことはない」は「〜することが最善だ」を意味する慣用文型で、助言や忠告の時によく使われます。

對留學的建言

　　上面是日本朋友的女兒即將到中國留學，日本友人向小李詢問需注意哪些事項的場面。「〜いいでしょう」的說法只是爲避免肯定的語氣，而非做推測。另「〜に越したことはない」是含有「〜することが最善だ」意思的慣用句型，大多使用在提出建議或做忠告時。

　〜ことになる：決定〜

　生水：生水

　湯冷まし：冷開水

　〜ようにする：要…做

　脂っこい：膩

　確かに：的確

　下痢をする：腹瀉

　〜に慣れる：習慣〜

　人づきあい：與人相處

　風土や習慣：風土習慣

　〜に越したことはない：沒有比那更好

☆ 上司のセクハラを忠告する手紙

拝啓　今日は○○部長にお願いしたいことがあってお便りを書いています。

　実は先日、新入社員の○○○○さんから相談を受けました。それは部長からセクハラを受けて悩んでいるといった内容でした。詳しく聞いてみると、私が部長の下で働いていた頃にもよくあったことで、当時の私は嫌だなとは思いながらも、我慢してきたのですが、今の○○○○さんは会社を辞めようかとまで深刻にこのことを思い詰めています。

　部長の年代の方には軽い冗談のつもりで言ったことだったり、ちょっとした悪ふざけでしたことかもしれません。しかし、それを受けた女性の身になってお考えいただけないでしょうか。仮に部長のお嬢さんが同じ目にあって、その悩みをお父さんである部長に相談したとしたら、果たして部長はそれを聞いて「よくあることだ」と笑って済ますことができるでしょうか。

　このままでは○○○○さんは会社を辞めることになりかねません。しかし、それは同僚として、また一人の女性として放置しておくことはできません。部長がこの手紙の趣旨をご理解いただけるよう、お願いいたします。　　　　　　　　　　　　　　かしこ

この種の手紙の場合、相手が変わる様子がなければ、次は「忠告」ではなく「抗議」に変わりますが、まずは手紙を送って様子を見るのです。それ以降のことは「抗議と催促編」で取り上げています。

忠告上司性騷擾的信

這種信意含著如果部長不改正的話，下次就不是「忠告」而是「抗議」的意思。所以受害女性先以書信形式警告看看情形。以後的情形在「抗議と催促編」再提出來討論。

セクハラ：性騷擾
～に違いない：不會錯
我慢する：忍耐
～を思い詰める：左思右想沒辦法
冗談のつもり：以玩笑的心情
悪ふざけ：惡作劇
～の身になって：站在…的立場
～目にあう：遭遇到～
仮に：假定
悩み：煩惱
笑って済ます：一笑置之
～かねない：很有可能
趣旨を理解する：理解意思
かしこ：謹具（女性寫信用的結束語）

課題会話

〈課題1〉先生に勉強の助言を求める

A　　：日本人が普通に話す言葉がよく聞き取れない¹⁾＿＿＿＿、
　　　　どうしたら²⁾＿＿＿＿。

先生♠：そうだねぇ。生の会話に一番近いのはテレビドラマだから、
　　　　ビデオとかテープとかに取って、何度も³⁾（聞く→　　　　）
　　　　いいよ。

　勉強の仕方について教師に助言を求める場面です。「～たらいい」の代わりに「～といい」を使うこともできます。

詢求老師對於讀書的建言

　　上面是向老師請教學習方法的場面。「～たらいい」也可以用「～といい」替代。

　～を聞き取る：聽懂
　生の会話：活生生的會話
　テレビドラマ：電視連續劇
　ビデオ：錄影帶
　テープ：錄音帶
　～とか～とか：…啦…啦
　～といい：是好方法

〈課題1〉解答

1)→んですが　2)→いいでしょうか　3)→聞いたら／聞くと

〈課題2〉同僚に手土産の相談をする

A ：明日、部長のお宅に呼ばれてるんだけど、手土産には ¹⁾_____
_____かなあ。

同僚♥：そうねえ、部長がお酒が好きだから、お酒が ²⁾_____ん
じゃない?

A ：そういえば、寝しなに軽く一杯ウイスキーを飲むのが習
慣だと言ってたなあ。

同僚♥：だったら、ウイスキー ³⁾_____?

「~んだけど、(疑問詞) がいいかなぁ (♥かしら)」は親し
い友人間の会話でよく使われる表現です。

跟同事商量要帶什麼禮物比較好？

「~んだけど、(疑問詞) がいいかなぁ (♥かしら)」是親友
間對話中經常出現的說法。

部長宅：部長家

お宅に呼ばれる：受邀作客

寝しなに：臨睡前

ウイスキー：威士忌酒

だったら：如果是那樣的話

~にする：就決定~

〈課題2〉解答

1)→何（どんな物）がいい／何（どんな物）にしたらいい

2)→いい　　　3)→にしたら／にしたらどう

267

2 指示や命令の仕方

✻ 学習者のハラハラ会話 ✻

☆ ビールを持ってきなさい

リー♠：和夫、お客さんがお見えになっているから、こっちへ来て <u>1)挨拶をしろ</u>。

和夫♠：こんにちは。

リー♠：うちの子は挨拶もろくにできなくて。

お客♠：いえいえ、どこの家庭でも同じですよ。

リー♠：<u>2)良子、ビールを持ってきなさい</u>。

良子♠：…… (怒った顔でビールを持ってくる) ……

拿啤酒來

お見えになる：光臨

ろくに～ない：不能好好地…

耶！為什麼呢？

這是有客人到家裡來的場面。即使是親子、夫妻也務必要注意命令表達的用法。

1)→ご挨拶しなさい

2)→ビールを持ってきてくれないか

【重點提示】 ∞∞∞∞∞∞∞∞∞∞∞∞∞∞∞∞∞

日常生活中不使用的命令形

命令形（「～しろ」）是男性用語。在慫恿朋友時，或許有時在「まあ、一杯飲めよ」的句尾加上「よ」來用。不過幾乎不單獨使用。

「～なさい」比「～しろ」更有禮貌，雖然男女皆可使用，不過大都使用在父母親責罵小孩或老師叱責學生時。現今公司的上司對下屬指示時大概也不使用這種說法。有朋友在家中作客的場合中，對小孩用「～しろ」是不適當的。加一點謙遜表現，用「ご挨拶しなさい」來說比較恰當。

居然有對妻子用命令形的丈夫？

現今大概沒有會對妻子用命令形說話的丈夫了吧！第二次世界大戰之前，父親是一家之主，所以會有「おい、ビールを持ってこい」這種說法。戰後新憲法明文規定男女平等，日本社會也開始有不同的變化。在社會上和企業中也許仍是「男人的天地」，但是在家中，妻子的地位逐漸比丈夫高的話題不斷。

良子會生氣是因為丈夫用命令形指使她做事，此時，良子的丈夫應當用「ビールを持ってきてくれないか」請託的語氣來說比較適當。

よく使う表現

☆　指示を求めるとき

① 　～は、〔どう／いつに／どのように／誰に…〕しましょうか

　△～は、〔どう／いつ／どのように／誰に…〕いたしましょうか

② 　～は、〔どう／いつ／どのように／誰に…〕したら（⇔すれば）いい-ですか／でしょうか

　△～は、〔どう／いつ／どのように／誰に…〕したら（⇔すれば）よろしいでしょうか

③ 　～は、〔どう／いつ／どのように／誰に…〕すべき-ですか／でしょうか

④ 　～方がいい-ですか／でしょうか

　△～方がよろしいでしょうか

⑤ 　～てもいい-ですか／でしょうか

　△～てもよろしいでしょうか

⑥ 　～なければ-なりませんか／ならないでしょうか

　△～なければ-なりませんでしょうか

◉一人の日本人は虫、三人の日本人は竜◉

　昔から中国には「一人の日本人は虫、三人の日本人は竜」という言葉があると、中国に留学しているとき、上海で、あるお年寄りから聞いたことがあります。

　確かに日本人にはこうした傾向があり、一人一人のときはおとなしいのに、仲間を組むと普段から想像もできないような大胆なことをすることがあります。悪い例が暴走族や集団によるいじめなのですが、おそらく戦前の日本人を見て中国の人たちはそう思ったのでしょう。

　しかし、この集団を組むと力を発揮するという特性がいい方向に発揮されたのが、日本の高度成長を支えた工場の生産部門などの小集団研究サークルでしょう。

☆　**請求指示時**

　　徵求建言與請求指示的表達法很多都可以通用。但是，請求指示是指下位者對上位者徵詢意見，或是到政府機關詢問事情的場合，所以要用較有禮貌的說法。

①該〔如何／什麼時候／誰〕辦理呢？

②該〔如何／什麼時候／誰〕著手處理呢？

③〔如何／什麼時候／誰〕做才好呢？

④我該怎麼做才可以呢？

⑤我可以這麼做嗎？

⑥我必須這麼做嗎？

◉一個日本人是條蟲，三個日本人是條龍◉

　　在中國流傳著「一個日本人是條蟲，三個日本人是條龍」這麼一句話，這是我在中國留學時，從一位上海老伯那邊聽來的。

　　日本人的確有這種傾向。當單獨一個人的時候，很老實溫順，可是一旦成群結隊就會大膽做出令人無法想像的事。以不好的例子來說，就是暴走族和集團凌虐人的事，這大概是看到大戰前的日本人才會這麼想吧！

　　但是，日本人組成集團就能發揮團體力量的這種特性，往好的方向發揮的例子，有如工廠生產部門等研究小團體，它們支撐著日本的高度成長。

☆　依頼や希望の形で指示する

① 　～て-ください／くれませんか／もらえませんか

▽～て-くれ／くれない?／もらえない?

△～て-くださいませんか／いただけませんか

② 　～て-ほしいんですが／もらいたいんですが

▽～て-ほしいんだけど／もらいたいんだけど

△～て-いただきたいんですが

☆　提案や勧告の形で指示する

③ 　～たらどう-ですか／でしょうか

▽～たらどう-?♠／だろう?／かなあ／かしら♥

△～たらいかが-ですか／でしょうか

④ 　～方がいい-でしょう／と思います♥

▽～方がいい-（よ／わよ）／と思う（よ／わよ）♥

⑤ 　～ば（⇔たら）いい-でしょう／と思います

▽～ば（⇔たら）いい-（よ／わよ）♥／と思う（よ／わよ）♥／

んじゃない?

☆　規則や決まりを伝える形で指示する

⑥ 　～ことになって-います／おります

⑦ 　～ていただいて-います／おります

⑧ 　～ていただくことになって-います／おります

272

☆ **用請託或希望的形式作指示**

在日常生活中，最常用①②請託或希望的形式來做指示。在公司內做業務指示時，男性上司通常用「～てくれ」「～てほしい／てもらいたい」等標示▽符號的句型，若是女性上司則用「～てくれない？／てもらえない？」的表達法。

①你可以幫我…嗎？

②請你幫我…

☆ **用提案或勸告的形式作指示**

③～⑤雖是提案和勸告的表達法，但實際上是作指示。一般會在句尾添加「だろう／でしょう／と思う」來說，是一種委婉的指示表達法。

③這麼做你覺得如何？

④我認為這麼做比較好

⑤我想如果可以這樣做比較好

☆ **以傳達規則或規定的形式作指示**

⑥～⑧是告知規則或規定的間接指示表達，為學校、區公所、銀行窗口的人常用的表達法。

⑥應該…

⑦規定要求…

⑧依規定

☆　義務や不必要の形で指示する

① 　～なければ-なりません／いけません

▽～なければ-ならない（よ／わよ）／いけない（よ／わよ）

▽～なきゃ-なんない（よ／わよ）／いけない（よ／わよ）

② 　～なくても-いいです／かまいません

▽～なくても-いい（よ／わよ）／かまわない（よ／わよ）

▽～なくたって-いい（よ／わよ）／かまわない（よ／わよ）

③ 　～までもありまん／～ことはありません／～必要はありません

▽～までもない（よ／わよ）／～ことはない（よ／わよ）／～
必要はない（よ／わよ）

☆　命令の形で指示する

④ 　▽命令形（よ）

⑤ 　▽（V「ます」形）-たまえ

⑥ 　▽（V「ます」形）-なさい／な

▽お（V「ます」形）-なさい

☆ 以義務或不必要的形式作指示

　　義務表達是對方強烈指示或是近似實質的命令。在義務的表達法中，有「～べきだ」近似勸告的表達。此外「～なければならない」的句型也可用在表自己的事，例如「今日は妻の誕生日だから、早く帰らなければならない」。但是對於自己的義務不可使用「～べきだ」。

①必須…

　　②③是不需要做的表達法，在闡述自己的想法時，最常使用②。③的「～までもない」「～ことはない」為表說話者依情況做判斷。

②不做也沒關係。
③無需那樣做。

☆ 以命令形式作指示

　　④⑤是男性用語，④是上司或身分地位高的人對部屬或晚輩擺架子的說法。⑥「～なさい」男女皆可用，「お～なさい」為敬語形態，但仍有命令的意思，決不能對長輩使用。

④做…
⑤做…吧！
⑥去做…

☆ 大学の入学手続き

アン♥：入学手続きのことなんですが、入学金や学費はいつまで
に納入すればいいんでしょうか。

事務♥：今月の五日までに納めていただくことになっています。それ
を過ぎますと、入学取り消しとなりますので、ご注意くださ
い。

アン♥：わかりました。

「（いつまでに／どう）すればいいのでしょうか」の形は、大
学や区役所、銀行などの窓口で手続きを尋ねる常套表現です。そ
れに対する事務員の「〜ていただくことになっています」は、規
則を伝えながら間接的に指示しています。

大學的入學手續

「（いつまでに／どう）すればいいのでしょうか」是向大學、
區公所或銀行窗口詢問辦理手續的常用說法。事務員則以「〜てい
ただくことになっています」告知規則做間接指示。

入学手続き：入學手續

入学金：入學費

学費：學費

納入する：繳納

〜を納める：交付

入学取り消し：取消入學資格

〜となる：造成

　　市役所で外国人登録をする

アン♥：あのう、すみません。この外国人登録の手続きがよくわ
　　　　からないんですが……。

窓口♥：アメリカの方ですね。こちらに英語で書かれた書類の見
　　　　本がありますから、それを参考にして、ご記入いただけま
　　　　せんか。

アン♥：わかりました。……（書き終えて）……
　　　　これでよろしいですか。

窓口♥：はい、結構です。

　　外国人登録の手続きをする場面です。書類の書き方がよくわか
らないときは「～が、よくわからないんですが、（どうしたらい
いでしょうか）」と尋ねればいいでしょう。それに対して窓口の
人は「～ていただけませんか」と依頼の形で指示しています。

在市公所辦理外國人登記

　　上面是辦理外國人登記居留手續的場面。不知道該如何寫申請
表格時，可用「～が、よくわからないんですが、（どうしたらい
いでしょうか）」這句話詢問，而窓口負責人通常會以「～ていた
だけませんか」請託的句型做填寫指示。

　　外国人登録：外國人居留登記

　　手続き：手續

　　見本：範本

　　～を参考にする：參照～

　　～でよろしいですか：這樣…可以嗎？

　　はい、結構です：這樣就可以了

☆ 退院について医者の指示を仰ぐ

リー♠：あのう、あと何日ぐらい入院しなければなりませんか。

医者♥：手術の傷口がまだふさがっていませんから、短くても、
　　　　あと一、二週間は入院が必要です。

リー♠：できれば来週にでも退院したいんですが。

医者♥：無理です。しばらくは安静にしていなければなりません。

いつ頃退院できるか医者に尋ねた場面です。医者は命に関わる職務の責任上、はっきりした判断を示さなければならなりません。そんなときは、「～なければならない」が適切です。

針對出院請求醫師的指示

　　上面是小李向醫生詢問何時可以出院的場面。醫生基於職責必須毅然做判斷，此時最好用「～なければならない」的表達法。

退院（する）：出院

指示を仰ぐ：請求指示

あと：還有

～がふさがる：癒合

入院（する）：住院

無理（な）：做不到

安静にする：靜養

☆　上司の指示を仰ぐ

リー♠：課長、この企画書を書き直せとのことですが、どこが問
　　　　題なんでしょうか。

課長♠：販売対象をもっと絞り込んだ方がいいね。このままでは、
　　　　虻蜂取らずになりかねないから。

リー♠：わかりました。

課長♠：それから、次の企画会議は来週の月曜日だから、それに
　　　　間に合わせてくれないか。

リー♠：わかりました。

　男性上司が部下に業務上の指示をする場合は、「～てくれ／～
てほしい／～てもらいたい」とや、「～方がいい／～たらいい」な
どが多く使われています。

請求上司的指示

　　　男性上司對部屬做業務指示時最常使用「～てくれ／～てほし
い／～てもらいたい」或是「～方がいい／～たらいい」的句型。

　～を書き直す：重寫

　販売対象：販售對象

　～を絞り込む：集中篩選

　虻蜂取らず：兩頭落空

　～兼ねない：很可能

　～に間に合わせる：及時

279

☆　酒癖の悪い友人を諭す

リー♠：これ以上のお酒は体に毒だ。もうやめたら？

山田♠：うるさいなぁ。この俺にはつきあえないと言うのか！

リー♠：ほら始まった。お前は酒を飲むと人が変わってしまう。
　　　　ほんとうに酒癖が悪いんだから。

山田♠：ふん、どうせ俺の気持ちなんか、誰もわかっちゃくれないさ。

リー♠：やれやれ、今度は愚痴かい。お前のは酒を飲んでるんじゃ
　　　　なくて、酒に飲まれてるんだ。さあ、もう帰ろうよ。

山田♠：う～い！
　　　　わかった、わかった。

リー♠：お前のことを心配するからこそ、言ってるんだ。今まで
　　　　に何度も酒で失敗してるじゃないか。お前、思い切って
　　　　酒をやめたらどうだ？

山田♠：……（泣き出す）……

リー♠：やれやれ、今度は泣き上戸か。今日は俺が家まで送って
　　　　いくよ。おい、しっかりしろ。

　リー君が親しい同僚の山田君の酒につきあいましたが、山田君
は酔っぱらってしまいました。今まで何度も酒で失敗している山
田君のことが心配で、リー君が友人を諭す場面です。言葉は命
令や禁止の形ですが、実際は友情の現れです。

勸誠酒癖不好的友人

　　小李陪親密的山田同事喝酒，不料山田卻喝醉了。小李擔心因喝醉酒好幾次闖禍的山田，而勸誡他別再繼續的場面。雖然小李用了命令和禁止的句型，事實上是誠摯友情的表現。

酒癖が悪い：酒品不好

〜を諭す：勸誡

体に毒：對身體有害

うるさい：吵死人

〜につきあう：陪〜

ほら始まった：又來了

人が変わる：變了個人

どうせ：反正

〜ちゃくれない：一點也不

やれやれ：啊！啊！

愚痴：發牢騷

〜かい：嗎？

〜からこそ：正因為

思い切って：下決定

泣き上戸：酒醉後愛哭的人

しっかりしろ：振作點

課題会話

〈課題 1〉クリーニング店で

A　　：これ、急いでいる¹⁾＿＿＿、夕方までに仕上げて²⁾（もらえない？／ちょうだい。）

店長♠：夕方までにですか。ちょっと厳しいですね。

A　　：間に合わないと困るの。何とか³⁾（お願いします。／お願いできない？）

店長♠：わかりました。やってみます。

A　　：じゃ、夕方、取りにくるわ。

　近所のクリーニング店で急ぎの洗濯を頼む場面です。客の立場でも、やはり指示・命令口調は避けた方がいいでしょう。1)の「〜てちょうだい」は女性専用語、「〜てください」と同じ意味を表します。

在洗衣店

　　上面是拜託洗衣店的店長幫忙快洗的場面。即使是客人，也最好儘量避免用指示或命令的口氣。1)「〜てちょうだい」是女性用語與「〜てください」表同樣的意思。

　　〜までに：到…之前

　　〜を仕上げる：完成

　　何とか：設法

　　〜てみる：試試看

〈課題 1〉解答

1)→んだけど　2)→もらえない？　3)→お願いできない？

〈課題2〉妻から夫へ

妻　　：あなた、その棚の荷物、とって[1]（ください。／くれない？）

夫　　：そのくらい自分で[2]（やる→　　　　）なよ。

妻　　：何を言ってんのよ。重くて下ろせないから、頼んでるんじゃ
　　　　ないの。ぐずぐず言わないで、早く[3]（取る→　　　）よ。

夫　　：はいはい。

妻　　：「はい」は一回言えばいいの。

　　夫婦の会話です。男性が使う「V「ます」形＋な」の形があり
ますが、「～なさい」の口語省略形です。

太太跟先生說話

　　這是一段夫妻間的對話。丈夫使用的「V「ます」形＋な」的
說法即爲「～なさい」的口語省略形。

　　棚の荷物：架子上的東西

　　それくらい：那一點點

　　～な（よ）：去做……

　　～を下ろす：取下～

　　～てる／～でる：～ている／～でいる的口語形

　　～んじゃないの：不是…

　　ぐずぐず言う：嘮叨個沒完

　　～てちょうだい：請…

〈課題2〉解答

1)→くれない？　2)→やり　3)→取って

〈課題 3〉こんな時、どう言いますか

ロールカード 1

A： 日本でアルバイトをしようと思っています。先輩のBさんに日本で働くときに注意しなければならないことを聞いてください。

B： あなたは先輩として、後輩のAさんにアドバイスしてください。

ロールカード 2

A： あなたは交通事故を起こしてしまいました。警察官に事情を説明してください。

B： あなたは警察官です。事故を起こした A さんに事情を聞いて、これからどうすればいいか、指示してください。

第九章　許可と禁止編

　日本人は許可や禁止の意思を伝えるとき、「～てもいいです」「～てはいけません」といった直接的な言い方はほとんどしません。

　特に相手から許可を求められて、それを断るときは、「すみませんが、～ので」のように理由だけを述べて、受け入れられないことを婉曲に伝えることが多いです。母語で許される表現をそのまま使うと、日本人は気分を害する恐れがあります。

許可與禁止篇

　　日本人要傳達許可或禁止的意思時，不會使用「～てもいいです」「～てはいけません」那麼直接的說法。

　　特別是當要拒絕對方的請求時，日本人會以「すみませんが、～ので」來說明拒絕的理由，委婉地表達拒絕之意。所以即使在你的母語可以拒絕別人的表達，如果直接用在日語的話，恐怕會引起日本人的不高興。

1 許可の求め方・断り方

✻ 学習者のハラハラ会話 ✻

☆ ここでたばこを吸ってもいいですか

隣の人：あのう、ここでタバコを吸ってもいいでしょうか。

　　　　〈応じるとき〉

リー♠：1)ええ、吸ってもいいですよ。

　　　　〈断るとき〉

リー♠：2)いいえ、吸ってはいけません。

隣の人：あ、これはどうも。

♣

可以在這裡抽煙嗎？

　あ、これはどうも：這樣呀，非常抱歉。

♣

耶！為什麼呢？

　　這是一位陌生人徵詢小李「たばこを吸ってもいいかどうか」是否可抽煙的場面。小李直接的回應及拒絕方式，都是日本人決不會有的說法。

1)→ええ、どうぞ。　（ご遠慮なく。）

2)→できれば、ご遠慮いただきたいんですが。

【重點提示】 ∿∿∿∿∿∿∿∿∿∿∿∿∿∿∿∿∿∿∿∿∿∿

「ええ、いいです」與「ええ、どうぞ」

當家人朋友或晚輩徵求「～てもいい？」（可以～嗎？）時，一般會以「うん、（～ても）いいよ」做回應。但是在社會上幾乎不會以「はい、（～ても）いいです」做回應。因為「～てもいいです」是上位者對下位者允應許可的表達法，且帶有傲慢的語感，所以一般最常用的回答是「ええ、どうぞ」。

知人: 今日、お宅に伺ってもよろしいですか。

李 : ええ、どうぞ。お待ちしています。

請注意使用「～てはいけません」的句型

拒絕別人時，日本人不會用「いいえ、駄目です」「いいえ、～てはいけない」等禁止表達法，也不會用在對陌生人或長輩上。一般都是以「すみませんが、～ので」告知理由，請求對方諒解，或是用「すみませんが、～ていただけませんか」請託的表達法來拒絕。但醫生對病人、父母親對子女、老師對學生或是站在指導監督立場的人屬例外，一般人在日常生活中大概沒有機會使用。

よく使う表現

☆　許可(きょか)を求(もと)めるとき

① 　（～んですが）、～てもいい-ですか

▽～てもいい-? かなあ／かしら

△～てもよろしい-ですか／でしょうか

② 　（～んですが）、～てもかまいませんか

▽～てもかまわない-? かなあ／かしら

△～てもさしつかえ-ありませんか／ないでしょうか

③ 　（～んですが）、～させてもらえませんか

▽～させて-もらえない? ／かなあ／かしら

△～させていただけ-ませんか／ないでしょうか

☆　許可の求めに応(おう)じるとき

④ 　ええ、どうぞ

⑤ 　ええ、いい-です

▽うん、いい-よ／わよ

△ええ、よろしい-ですよ

⑥ 　ええ、かまいません

▽うん、かまわない-よ／わよ

△ええ、さしつかえありません

☆　**請求許可時**

　　①②都是徵求對方同意的說法，但②是先預設對方已同意的問法。

　　③的表達是職責上徵求同意的說法。「～てもいいですか」是非正式場合中徵求同意的說法。而「～（さ）せていただけませんか」則是公事上徵求同意的說法。無論哪種說法，「～ですか→でしょうか」「～ませんか→ないでしょうか」比較有禮貌。

①我可不可以…？
②你介意我…？
③您是否允許我…？

☆　**應允許可請求時**

　　應允許可時，④是日常生活中最常用的說法。⑤⑥「ええ、いいですよ」「うん。いいよ」是親友間或與部屬的對話中的用語。由於應允許可的語感沒有改變，所以不可對長輩或上司使用。

　　Aさん:　今夜、お宅に伺ってもよろしいですか。
　　あなた:　×ええ、よろしいですよ。（→ええ、どうぞ）

④可以
⑤請便
⑥沒關係，我不介意

☆　許可の求めを断るとき

①　すみませんが、ちょっと……／すみませんが、〜ので

▽ごめん、ちょっと……／ごめん、〜から

▽悪いけど、ちょっと……／悪いけど、〜から

△申し訳ありませんが、ちょっと……／申し訳ありませんが、〜
　ので

②　すみませんが、〜ないでもらえませんか

▽悪いけど、〜ないでもらえない？

△申し訳ありませんが、〜ないでいただけませんか

③　申し訳ございませんが、できれば、ご遠慮いただきたいん
　ですが……

☆　規則によって許可の求めを断るとき

④　すみませんが、〜ことになっていますので

△（誠に）申し訳ありませんが／申し訳ございませんが、〜
　ことになっておりますので

⑤　（誠に）申し訳ございませんが、こちらでは〔おタバコは・
　撮影は・飲食は…〕ご遠慮願っているのですが、……

☆　拒絕請求許可時

　除非有緊急的必要，否則幾乎不用「駄目だ」「～てはいけない」
這麼直接的禁止表達法。

　　A：あっ、危ない！その機械に触ってはいけない！
　　B：はい、すみません。
　　A：気をつけてくださいね。危ないですから。

　　　一般常用②③的說法來讓對方察覺或以請託的表達法來做拒絕。
還有「すみませんが→申し訳ありませんが→申し訳ございませんが」
依其順序增加禮貌的程度。

①不好意思，因為…
②很抱歉，但是否可請您…
③實在很抱歉，如您不介意的話是否可以不要…

☆　依規則拒絕請求許可時

　⑤は劇場や博物館などの公的な場所で係員がお客に対してよく
使う断りの表現です。

　　　非個人因素而是依據規則或決定而禁止時，一般會用④「（Ｖの辞
書形・ない形）ことになっている」「（Ｎ）になっている／となってい
る」的表達法來告知理由加以婉拒。

　　　⑤則是在劇場或博物館等公共場所中，服務人員對客人常用的
拒絕用語。

④很抱歉，依規定…
⑤很抱歉，這裡〔禁煙／禁止攝影／禁止飲食〕

━━━ 応用会話例 ━━━

☆ 入室の許可を求める

アン♥：……（ノックして）……

　　　　〇〇さん、私。入ってもいい？

友人♠：アンさん、ちょっと待って。今、部屋が散らかってるんだ。

　　　　すぐ片づけるから。

　　　　……（しばらくして）……

　　　　いいよ。どうぞ。

アン♥：じゃ、おじゃまします。

　いきなりノックもなしに入ろうとしたのでなければ、「入っては
いけない」などの禁止表現を使うことはありません。

請求允許進入房間

　　只要不是沒敲門就突然闖入的話，日本人是不會使用「入って
はいけない」的禁止表達法。

　　～が散らかる：零亂　　　　　　～を片づける：整理～

　おじゃまします：打擾了

◉ **妻が財布の紐を握っている？** ◉

　日本ではサラリーマン家庭の80％以上が給料の全額を妻に渡していると
いう調査報告があります。つまり、妻が財布の紐を握っていて、夫はその中
から毎月の小遣いをもらっているのです。例えば、「ねえ、ちょっと小遣い
が足りないんだけど、来月分を前借りできない？」と夫が妻に頼むような
シーンはありふれた光景です。

　このように家計の実権は奥さんにありますから、外国の方が考えてい
るほど日本の妻たちは弱い立場にいるわけではなく、家事、育児や子供
の教育もほとんど母親がやっていますから、家庭のことでは妻の方が発
言力が強いですね。

☆　飲んじゃ、駄目よ！

リー♠：ねえ、缶ビールぐらい飲んでもいいだろ。

良子♥：駄目よ！これから車を運転するんだから。

リー♠：ねえ、一本だけ。

良子♥：飲んじゃ駄目。ジュースで我慢しなさい。

　夫婦の会話です。はっきりした禁止表現が使われるのは、こうした遠慮のない関係の時ですね。

不可以喝！

　　上面是一段夫妻間的對話。只有在這種無需顧慮到彼此關係的時候，才會毫不客氣使用這種禁止表達法。

　　缶ビール：罐裝啤酒

　　～を我慢する：忍耐～

◉太太掌握家裡的經濟大權？◉

　　在日本有項調查，顯示 80％以上的白領階級家庭，丈夫會將薪資全部交給太太，亦即日本太太掌握家裡的經濟大權。丈夫則由太太手中得到每個月的零用錢。「ねえ、ちょっと小遣いが足りないんだけど、来月分を前借りできない？」這類丈夫向太太借用零用錢花的場景，在日本是稀鬆平常的。

　　因爲日本太太掌握家裡的經濟大權，所以從外國人來看，日本的太太們並不是弱勢的一群，因爲日本太太要負擔家事及教養小孩，所以在家中太太有強力的發言權。

☆ 宅配便の受け取りで

配達員：宅配便です。こちらに印鑑をお願いします。

アン♥：あのう、はんこを持ってないんですが、サインでは駄目で
　　　　すか。

配達員：サインで結構です。こちらにお願いします。

アン♥：ここでいいですか。

配達員：はい、フルネームでお願いします。

　配達員から受け取りのはんこを求められましたが、はんこがな
いのでサインでいいかどうか尋ねた場面です。

領收宅急便

　　這是送貨員要求安蓋領收人章，但安沒有印章，詢問是否可以
用簽名替代的場面。

　　宅配便：送貨到家

　　印鑑：印章

　　サイン：簽名

　　結構です：可以

　　フルネーム：全名

☆　CD－ROMを貸してくれと頼んだが

アン♥：先輩、CD–ROMを、今日、貸していただけないでしょうか。

先輩♠：貸してもいいけど、どうするんだい？

アン♥：そのイラスト・ソフト、前から欲しかったんです。それで
　　　　私のパソコンにインストールさせていただきたいんですが。

先輩♠：アンさん、著作権のこと、知ってるかい？ 君には悪いけ
　　　　ど、それは法律でできないことになってるんだよ。

　法律や規則でできないことを伝えるのが、この「（～ので）で
きないことになっている」という表現です。

請求借用 CD-ROM，但…

　　告知不符法律或規定時用「（～ので）できないことになって
いる」句型來表達。

CD-ROM：光碟

～んだい：表詢問

イラスト・ソフト：插圖軟體

パソコン：個人電腦

インストール：安裝

著作権：著作權

法律：法律

～ことになっている：規定…

☆　相席を頼む

リー♠：あのう、申し訳ありませんが……

先客♥：はい、何でしょうか。

リー♠：できましたら、相席させていただきたいんですが、よろ
　　　　しいでしょうか。

先客♥：ええ、かまいませんよ。どうぞ。

リー♠：ありがとうございます。

　先客に相席を頼むのですから丁寧な表現が必要です。この「〜
（さ）せていただきたいんですが、よろしいでしょうか」は許可を
求めることと依頼が一つになった表現で、このような場合の常套
表現となっています。

請求允許同座

　　　因為是小李對先來的客人提出同坐一桌的要求，因此要用較有
禮貌的表達法。「〜（さ）せていただきたいんですが、よろしいで
しょうか」是徵求同意與請託的表達法，正適用於這種場合。

先客：先來的客人

相席（する）：與別人同坐一桌

できましたら：可以的話

296

☆ こちらは禁煙席となっております

リー♠：灰皿をお願いします。

店員♠：あのう、お客様。誠に申し訳ありませんが、こちらは禁煙席となっておりますので、……。

リー♠：えっ？ この店ではタバコを吸ってはいけないんですか。

店員♠：いいえ、あちらにタバコを吸われる方のお席を準備させていただいております。

リー♠：じゃ、席を替えてもらえますか。

店員♠：はい、かしこまりました。

　店員の「～となっておりますので」は規則でタバコを吸えないことを間接的に伝える表現です。大衆食堂などでは「そこは禁煙だよ」といった言い方もされますが、一般に高級レストランほど言葉遣いは丁寧です。

這地方是禁煙區

　店員依「～となっておりますので」的店規，間接禁止小李在非吸煙區吸煙。在大眾餐廳裡會聽到「そこは禁煙だよ」的說法，但在高級餐廳用語會更禮貌。

灰皿：煙灰缸
誠に：非常地
～となっている：規定…
禁煙席：禁煙區
席を替える：換位子

課題会話

〈課題 1〉 早退の許可を求める

A 　　 ：[1)]＿＿＿＿＿、先生。

先生♠：何？

A 　　 ：今朝から頭痛がひどい[2)]＿＿＿、（[3)]早退する→＿＿＿）
　　　　いただけませんか。

先生♠：そう言えば、顔色がよくないね。かまわないよ。気をつ
　　　　けて帰りなさい。

A 　　 ：ありがとうございます。

　先生に早退の許可を求めた場面です。この「～んですが、～て
もいいでしょうか」「～んですが、～（さ）せていただけません
か」は、このような場合の常套表現です。

請求允許早退

　這是 A 向老師徵求提早回家的場面。「～んですが、～てもい
いでしょうか」「～んですが、～（さ）せていただけませんか」的
說法常用於這種場合。

頭痛がひどい：頭非常痛	早退（する）：提早離開
そう言えば：這麼說	顔色：臉色
かまわない：沒關係	気をつける：小心點

〈課題 1〉解答

1)→あのう　2)→んですが　3)→早退させて

〈課題2〉劇場で撮影の許可を求める

A ：あのう、舞台の写真を¹⁾（撮る→＿＿＿＿）もいいですか。

係員♥：誠に²⁾＿＿＿＿が、劇場内では撮影はできない³⁾＿＿＿＿ので、ご遠慮ください。

A ：ああ、そうですか。どうもすみませんでした。

係員♥：いいえ、どういたしまして。

　劇場で係員に舞台の写真撮影をしてもいいかどうか尋ねた場面です。係員は規則でできないことを伝えます。

在劇場請求准許攝影

　　上面是在劇場裡詢問工作人員是否可以拍攝舞台場景的場面。工作人員基於規定而告知不可。

舞台：舞台

劇場（内）：劇場内

写真撮影：拍照

ご遠慮ください：敬請見諒

〈課題2〉解答

1)→撮って　　　 2)→申し訳ございません

3)→ことになっております

2 禁止表現の使い方

❊ 学習者のハラハラ会話 ❊

☆ 駐車していいかどうか尋ねる

リー♠：あのう、すみませんが、ここに車を¹⁾止めてもいいですか。

通行人：「駐車禁止」の立て札がありますから、²⁾駐車してはい
けませんよ。

リー♠：でも、何台も車が止めてありますねえ。

通行人：そうですね。どうなっているんでしょう。

詢問是否可以停車

駐車する：停車

駐車禁止：禁止停車

立て札：告示牌

耶！為什麼呢？

　　若只是直接徵求對方同意時，用「～てもいいですか」的句型就
可以了，但是若是詢問事情的可行性時，就有不一樣的說法。此外，
「～てはいけません」是用於直接禁止的表達，不適用於這種場合。

1)→止めてもいいんでしょうか

2)→駐車してはいけないと思いますよ

【 重點提示 】 ∞∞∞∞∞∞∞∞∞∞∞∞∞∞

是否可取得許可的詢問法

　　有些場合並不是要徵求對方的同意，而是詢問對方事情是否可行。此種詢問句就是在徵求同意句的後面加上「～んですか／～んでしょうか」即可。一般回答時，會在「～てもいい／～てはいけない」加上「～と思います／～ではないでしょうか」來說。

　　「これ、もらってもいいですか」
　　→「ええ、どうぞ」

　　「これ、もらってもいいんですか」
　　→「ええ、いいんじゃないでしょうか」

「～てはいけない」的用法

　　以上面的會話為例，若是依規定或法律等社會規範來說明禁止的理由時，通常都用「～てはいけない（と思う）／んじゃないだろうか」句型。「～てはいけない」的句型則用於一般社會上對事物可行性的判斷或傳達資訊時。除此之外，還有一些可用的場合，比如：在發生緊急狀況、父母親對子女、醫生對病人、老師對學生或警察對犯罪者等，負有監督指導責任的人對下位者發出命令、警告或叱責時。

よく使う表現

☆ 許可されているかどうか尋ねるとき

① ～てもいい-んですか／んでしょうか

▽～ても（⇔たっ）いい-の？／のかなぁ／のかしら／んだろうか

② ～てもかまわない-んですか／んでしょうか

▽～ても（⇔たって）かまわない-の？／のかなぁ／のかしら／んだろうか

③ 〈V 可能形〉-んですか／んでしょうか

▽〈V 可能形〉-の？／のかなぁ／のかしら／んだろうか

☆ よくわからないとき

④ さあ、どうでしょうか

▽さあ、どう-かなぁ／かしら／たろう？

⑤ さあ、私もよく知らないんですが、……

☆ 許可されていると思うとき

⑥ ええ、いいんじゃない-ですか／でしょうか

▽うん、いいんじゃない-？／かなぁ／かしら

⑦ ええ、いいと思いますが、……

⑧ ええ、～てもいいそうです

▽うん、～てもいいそう-だよ／よ

☆ **詢問是否可得到許可時**

一般最常用的說法在徵求同意的句型後加上「～んですか／～んでしょうか」，關係親密的話，只要加「～の／～のかなぁ」就可以了。

①是否可以…？

②…做也可以嗎？

③可以…嗎？

☆ **不太清楚的時候**

回應時用⑤「さあ、よく知りません」也可以，而在不清楚事情是否可取得同意時，可用④的說法。

④不知道結果會怎樣

⑤我也不太清楚

☆ **認為能取得許可時**

自認為事情會被同意時，一般會用⑥⑦的說法，並在句尾加上助詞「か」，表不確定的語氣。

⑧是用傳聞的句型做資訊傳達的表達。對長輩或有所顧慮的人作資訊傳達時，要避免使用傳達自己判斷的表達，多使用傳聞的句型。

⑥嗯，我認為應該可以的吧！

⑦我也是這麼想…

⑧聽說那是被允許…

☆ 許可されていないと思うとき

① （〜ては）いけないんじゃないでしょうか

▽ （〜ては）いけないんじゃない?

▽ （〜ては）駄目なんじゃない?

② （〜ては）いけないと思いますが

▽ （〜ては）いけないと思うけど

▽ （〜ては）駄目だと思うけど

③ 〈V 可能形〉ないんじゃないでしょうか

▽ 〈V 可能形〉ないんじゃない?

☆ いろいろな禁止表現

④ 〜てはいけません

▽〜てはいけない

▽〜ては駄目（♠だ／♥よ）

⑤ 〜てはなりません

▽〜てはならない

⑥ 〈V 原形〉んじゃありません

▽ 〈V 原形〉んじゃない

⑦ 〈V 原形〉な

⑧ 〈V 原形〉もんじゃありません

▽ 〈V 原形〉もんじゃない（よ／♥わ）

⑨ 〈V 原形〉べきではありません

▽ 〈V 原形〉べきじゃない（よ／♥わ）

☆ **認為不能取得許可時**

　　①～③是表自我判斷的句型。「～ては」的口語形為「～ちゃ／～じゃ」。在友善的對話中，經常會出現「触っちゃ（←ては）いけない／遊んじゃ（←では）いけない」等的說法。

①我想那應該是不被允許的
②我認為那是行不通
③那不可能被允許的，不是嗎？

☆ **各種禁止表達**

　　④是一般最常用的禁止表達。在會話中使用⑤的話，會比「～てはいけない」語氣更強烈。⑥是關於親密間使用的口語形，稍帶有責備對方的語氣。⑦是禁止命令形，非女性用語。

　　⑧⑨是依據常識或道德等社會規範做禁止判斷，通常於勸戒對方時使用。

④你不可以…
⑤你絕不可以…
⑥不要…
⑦不…
⑧不被允許…
⑨你不應該…

☆　ただでもらってもいいんですか

アン♥：この博物館に置いてあるパンフレットは、ただでもらっ
　　　　てもいいんですか。

先生♠：有料と書いてあるから、黙って持って行ってはいけないよ。

アン♥：でも、先生、誰もお金を払っていませんよ。

――――――――――――――――――――――――――――――

　　先生に博物館においてあるパンフレットをただでもらってもい
いかどうか尋ねた場面です。

可以免費索取嗎？

　　　上面是詢問老師是否可以免費索取放置在博物館的簡介的場面。

　～てある：存在　　　パンフレット：簡介　　　ただ：免費

◉天皇家と日本のタブー◉

　　かつて世界で天皇家のように 2000 年も続く王家はあったでしょうか。
　　日本ではいかなる政治権力者も天皇家を潰そうとはせず、共存しようとしまし
た。最近で言えば、アメリカ占領軍のマッカーサーも天皇制を廃止しませんでし
た。つまり、日本人の「大和「ヤマト」」という国造りの大祖先を敬い、また
守ろうとする感情を考慮せざるを得なかったからでしょう。
　　しかし、日本列島にも「ヤマト」の外にいた人たちがいました。沖縄とアイヌの
人たちです。かつて沖縄の人は「ヤマト」の民を「ヤマトンチュウ」と呼び、アイ
ヌの人は「シャモ」と呼んでいました。彼らにとって「ヤマト」とはなんだっ
たのでしょうか。
　　さて、「天皇家」に対しては、多くの日本人が宗教に似た「聖」の感覚を持っ
ているのは事実で、これに対する批評は会話では避けた方が賢明です。キリスト
教の国の人がキリストを冒瀆されたときに近い反発と憎悪をむき出しにする日本
人も多いことを忘れないでくださいね。

☆　医者の警告

リー♠：先生、もうお酒を飲んでもいいでしょうか。

医者♥：いいえ、まだいけません。

リー♠：一滴もいけないんですか？

医者♥：はい、いけません。もっとも私の体ではありませんか
　　　　ら、死んでもいいというのなら、かまいませんが……。

医者としての責任上、はっきり酒を禁止しました。

醫生的警告

　　基於醫生的職責嚴禁小李喝酒。

一滴：一滴　　　　　　　　　　もっとも：不過

◉**天皇家與日本的禁忌**◉

　　在世界上還有像日本天皇家族一樣能持續 2000 年的王族嗎？

　　在日本無論哪位政治權力者都不會去打壓天皇家，而都想彼此和平共存。以最近的事情來說，就連美國占領軍的麥克阿瑟將軍也沒有廢除天皇制度。總而言之，因爲日本人相當尊敬創建「大和」國的始祖，所以不得不考量日本人想守護祖先的這份情感吧！

　　但是在日本列島上也居住著非「大和民族」的人們，如：沖繩人與愛奴人。以前沖繩人稱呼「大和」人爲「ヤマトンチュウ」，愛奴人叫他們「シャモ」。在他們心中「大和」究竟是什麼地位呢？

　　事實上，對於「天皇家」許多日本人是抱持近似宗教「聖人」般的尊崇的感覺。因此在談話中，儘量避開對天皇家的評判才是明智之舉。但請不要忘記也有很多日本人對於「天皇家」露骨的反感與憎惡，幾近於基督被褻瀆時，基督徒所產生的反應一樣的劇烈。

☆ 他著作からの引用ができる？

アン♥：リーさん、論文には新聞記事や他の著作の文章を引用し
　　　　てもいいんですか。

リー♠：うん、いいよ。ただ、著作権の問題があるから、引用した
　　　　著書名と著者の名前を書いておかなければいけないよ。

アン♥：わかりました。

　他の著作から論文への引用をしてもいいのかどうか尋ねた場面で
す。それに対して、「うん、いいよ」と断定的に言ったのは、確信が
あったり当然だと判断しているからです。

可以引用他人的著作嗎？

　　　上面是安詢問小李是否可以將他人的著作引用在自己的論文中
的場面。對於安的問題，小李斷然的回答「うん、いいよ」，是因
爲確信這麼做是可行的。

　著作：著作
　論文：論文
　新聞記事：報紙報導
　〜を引用する：引用〜
　著作権：著作權
　著書名：著作書名
　著者：作者
　〜ておく：事先做好
　〜なければいけない：必須〜

☆　手紙に現金が同封できる？

アン♥：あのう、普通郵便の封筒に手紙といっしょに現金を入れて送ることはできるんですか。

良子♥：規則ではいけないことになってるけど。

アン♥：でも、三千円ぽっちのお金を現金書留で送るのはばかばかしいですねえ。

良子♥：ええ、そうねえ。そのくらいの額のお金なら、普通郵便に同封してもかまわないと思うわ。

___

　　可能形を使った「現金を入れて送ることはできるんですか」も許可されているかどうかを尋ねる表現になります。

可以將現金和信同封寄嗎？

　　使用可能形的「現金を入れて送ることはできるんですか」也成爲詢問是否可行的表達。

　　普通郵便：平信
　　封筒：信封
　　規則では：依規定
　　〜ぽっち：僅僅
　　現金書留：現金掛號
　　ばかばかしい：划不來
　　額：金額
　　〜に〜を同封する：附在信封内

良子♥：和夫、そんなに近くでテレビを見るんじゃありません。
　　　　目が悪くなりますよ。

和夫♠：わかったよ。ねぇ、お母さん、ちょっとそこのお菓子、
　　　　取って。

良子♥：そのくらい、自分でしなさい。

リー♠：良子。悪いけど、そこの新聞、ちょっと取ってくれないか。

良子♥：あなたまで何ですか。何もかも私にやらせるんじゃないの！
　　　　私はあなたたちの小間使いじゃないのよ。

　親が子に言う言葉は命令や禁止が多いと言いますが、親の命令や禁止の言葉には子供を思う愛情があります。なお、「〜んじゃない」は「〜てはいけない」に相当する口語です。

家庭的日常生活情形

　　雖說父母親常對小孩用命令或禁止的語氣來說話，但是父母這些用語是基於愛護小孩。「〜んじゃない」相當於「〜てはいけない」的口語形。

　〜んじゃない：「〜てはいけない」的口語形

　何もかも：一切

　小間使い：傭人

☆　自転車の二人乗りを注意されて

警官♠：君たち、自転車に二人乗りをしてはいけません。すぐ降り

　　　　なさい。

リー♠：はい、すみません。

警官♠：ちょっと、待って。

リー♠：何ですか。

警官♠：自転車の登録番号を調べますから、こちらに来てください。

リー♠：僕たち急いでいるんですけど……。

警官♠：時間はとらせません。

　警官の言葉は職務上、禁止や命令の言葉が多くなります。また、「待って」「こちらに来てください」も形は依頼ですが、実質は命令ですね。

被警告兩人共騎一輛腳踏車

　　警察基於職務上多用禁止或命令的語氣。而「待って」「こちらに来てください」雖是請託的形態，但實際是命令的意思。

　二人乗り：二人共乘

　登録番号：登記號碼

課題会話

〈課題1〉アパートの規則

A　　　：あのう、このアパートではペットを飼ってもいい[1]（ですか／んでしょうか）。

隣の人：いいえ、[2]（いけません／いけないことになっています）。

A　　　：あのう、家のベランダに野生の鳩が巣を作って卵を生んだんですが、どうしたらいいでしょう。

隣の人：さあ、[3]＿＿＿＿＿＿。

　隣の人にアパートでペットを飼ってもいいかどうか尋ねた場面です。野生の鳩が巣を作ってベランダに住み着きましたが、ペットと言えるのかどうか、難しいですね。

公寓的規則

　　上面是A向鄰居詢問公寓是否可以飼養寵物的場面。雖說是野生的鴿子擅自在陽台築巢，但實在難以判斷是否算寵物。

　　ベット：寵物　　　　　　～を飼う：飼養～

　　ベランダ：陽台　　　　　野生の鳩：野生的鴿子

　　卵を生む：生蛋

〈課題1〉解答

1)→んでしょうか　　　　　2)→いけないことになっています

3)→どうでしょうか

〈課題2〉弱い者いじめ

A　　　：あなたたち、そこで何をしてるの。

子供A：何もしてないよ。遊んでただけだよ。

A　　　：嘘を言う¹⁾＿＿＿＿の。私はさっきから見てたのよ。弱い者いじめを²⁾（する→　　　　）てはいけません。

子供B：わ～い。みんな、逃げろ！

　　　　……（残った子が泣いている）……

A　　　：男の子でしょ。もう³⁾（泣く→　　　　）ちゃ駄目。さあ、涙を拭きなさい。

いじめられて泣いている子供を見て、止めに入った場面です。

欺負弱者

上面是A看見一位小孩被欺負，進而制止的場面。

弱い者いじめ：欺負弱小

さっき：剛才

わ～い：哇～

～が逃げる：逃跑

さあ：來（用於勸誘、催促時）

涙を拭く：擦拭眼淚

〈課題2〉解答

1)→んじゃない　2)→し　3)→泣い

313

〈課題3〉 こんな時、どう言いますか

ロールカード1

A: あなたは友だちの家に泊まれたいです。親に話して許可をもらってください。

B: あなたの子供が友達の家に泊まりたいと言っています。理由を聞いて許可するか禁止するか決めてください。

ロールカード2

A: あなたは高校生です。お金がないので、夜のアルバイトをしようと思っています。先生に尋ねて、いいか悪いか尋ねてください。

B: あなたは教師です。学生のAさんから夜のアルバイトの件で相談を受けました。話を聞いて許可するかどうか決めてください。

第十章　抗議と催促編

　「ものは言いようで角が立つ」ということわざがあります。日本人は抗議や催促をするとき、最初は事情を述べたり、依頼の表現を使って、相手に察してもらう言い方をします。抗議口調になるのは相手に誠意が見られないときで、二度目以降でしょう。ところが外国の方は日本人の最初の抗議を言葉どおり依頼と受け止めてしまい、失敗することが多いのです。

抗議與催促篇

　　在日本有句諺語：「話要看怎麼說，說得不好會得罪人」，日本人在抗議或催促他人時，會先說明理由，並用請託的表達法以得到對方的諒解。而日本人會用抗議的語氣說話，大多是在第一次抗議之後，仍看不到對方表現誠意時，第二次才以抗議的語氣提出。可是外國人往往把日本人最初的抗議，依其字義解釋成請託，因此有很多失敗的例子。

1 苦情や抗議の仕方

✳ 学習者のハラハラ会話 ✳

☆ 注文した料理が遅れて

リー♠：あの、店員さん、¹⁾注文した料理がまだ来ないんですけど、早く持ってきてください。

店員♥：すみません。すぐお持ちしますので。

　　　　……（しばらく経ったが、まだ来ない）……

リー♠：あの、店員さん、²⁾早くしてください。こちらは急いでいるんです。

♣

點餐遲送

　〜を注文する：點餐

♣

耶！為什麼呢？

　　上面這段對話中，文法或用語都沒有錯，然而，起初是用溫和請託的語氣，是爲標準日式發牢騷、抗議的說法。至於像 2)那樣強烈抗議的口吻則是再次抗議時才使用。

1)→注文した物がまだ来ないんですけど、……。

2)→まだ来ないけど。どうなっているんですか。

【重點提示】 ∞×∞×∞×∞×∞×∞×∞×∞×∞×∞×∞×

「あの」與「あのう」

　　有事相求或對對方有所顧慮而猶豫不決時，開頭語都用「あの」拉長音的「あのう」來說。相反地，若想抗議或發牢騷時，則用短音的「あの」。

　　あのう、道をあけていただけませんか。〈請求的語氣〉
　　あの、道をあけてください。〈發牢騷・抗議的語氣〉

日本人的抱怨是從請求表達開始

　　日本人發牢騷或抗議時，剛開始幾乎都是用很溫和請求的語氣。許多外國人對於日本人用很溫和的口吻，甚至面帶微笑來抗議的表達並無法理解，所以常遭受非議。

　　所以店員只不過送餐慢了點，小李冷不防劈頭就用「どうなっているんですか」這麼強烈的語氣來抗議是少見的。因為不清楚出了什麼事而造成遲送餐點來，此時最適切的說法應該先用較溫和的語氣「あのう、注文した品がまだ来ないんですけど…」來詢問。

よく使う表現

☆　最初に苦情を言うとき

① あの、～んですけど、……

▽あの、～んだけど、……

② あの、～のに～んですけど、……

▽あの、～のに～んだけど、……

③ あの、少し～ようなんですけど、……

▽あの、少し～ようなんだけど、……

④ 大変申し上げにくいことなんですが、～ので～ようお願いできないでしょうか

☆　苦情を言われたとき

⑤ ごめんなさい／すみません

▽ごめん／すまない／すまん

△申し訳ありません

△申し訳ございません

⑥ すみません、～もので

▽ごめん、～もんで

△申し訳ありません、～もので

△申し訳ございません、～もので

318

☆　第一次抱怨時

　　第一次的抱怨或抗議應該用像①或②比較柔和請託的語氣來說明理由，然後再追加「～てもらえませんか／～ていただけませんか」「～てもらいたいんですが／～ていただきたいんですが」等禮貌的請託或希望的表達法。③是婉轉的說法爲比①②更溫和地傳達給對方的表達法。④是用在寫信時對對方有所顧慮而慎重的說法。

①對不起，那個…
②對不起，我想說…
③對不起，關於那件事我有點…
④很抱歉，實難以啓齒，不知您可否…

☆　被～發牢騷時

　　於被發牢騷時，像⑤⑥先向對方道歉造成困擾，此爲日本人的做法。說明理由原因時用「～もので」是最好的表達用語。若使用「～から」則會演變成另一場爭執。

⑤很抱歉
⑥非常抱歉，因爲

☆　二度目に苦情を言うとき

①　～のは、どういうこと-ですか／でしょうか

　▽～のは、どういうこと？

②　何度言ったらわかっていただける-んですか／んでしょうか

　▽何度言ったらわかる-の？／んだ（い）

③　再三申し上げておりますが、～のは、どういうこと-ですか／でしょうか

☆　文書でよく使われる抗議の言葉

④　できる限り穏便に済ませたいと思ってきましたが、〔お聞き入れいただけないようであれば／そちらが約束を守っていただけないようであれば／このようなことが再度繰り返されるようであれば…〕、こちらも〔対抗措置を取る／法的措置を取る／警察に連絡する…〕しかありません。

⑤　この種、他人の迷惑も顧みない行為は許されるものではありません。再度繰り返されるようでしたら、法的処置を取らせていただきます。

☆　第二次抱怨時

　　第二次的抗議無需拐彎抹角，但仍要用比較溫和平穩的語氣述說。在發牢騷或抗議時要控制一下情緒比較有效果。

　　「何度言ったらわかるんだ。馬鹿野郎！」、「あなたの常識を疑います」、「いい加減にしてください」諸如此類激烈抗議的用語很多。但是如果不當使用這類的用詞，會影響雙方彼此的情感，也會讓事態趨於惡化，所以爲了避免此種情形發生，還是不要使用比較好。

①究竟爲什麼…？

②到底要說幾遍你才能了解…？

③關於此事已再三警告，究竟爲什麼你…？

☆　書信中常用的抗議用語

　　所謂最後通諜是指三次以上的抗議，此時多半會述說將採取對策。④⑤是個例子。

　　噪音公害、違法停車、瑕疵商品等問題大多靠訴訟來解決，所以可以用寫信的方式來對這些情況提出抗議。可利用「存證信函」（將書信複寫一份交郵局存查）即可。

④本人想以和平的方式解決此問題，可是如果〔不理會本人的建言／不守約定／再犯〕，本人只好〔採取對策／採法律途徑／交給警察〕。

⑤如果再造成他人困擾，將採取法律途徑解決。

☆　ゴミ出しの苦情を言われる

木村♥：あのう、今日はゴミ出しの日ではないんですけど……。

アン♥：あっ、そうなんですか。どうもすみません。

木村♥：いいえ。最近引っ越してこられた方ですね。

　　　　ゴミ出し日はここに書いてありますから。

アン♥：ありがとうございます。

　　「あっ、そうなんですか。どうもすみません」は、規則を知らないでうっかり失敗したときの常套表現です。

搞錯倒垃圾的日子

　　　「あっ、そうなんですか。どうもすみません」的説法通常是用在不知規定而不小心做錯事的時候。

　　ゴミ出し：丟垃圾　　　　　～に引っ越す：搬家

⊙「仏の顔も三度」まで⊙

　日本には「仏の顔も三度」という俗語があります。これはどんな穏和な人でも、無法なことをされたら最後には怒り出すという意味ですが、これは日本人の抗議の仕方にもぴったり当てはまるのです。

　日本人は三度目の警告を入れた抗議をするまではじっと我慢します。対抗手段に出るのは、その後です。これを「きれる」と言います。我慢の限度がくるという意味です。

　みなさんも苦情や抗議をするときも最初は穏やかな依頼口調で話してください。最初から抗議口調で話されると、そのような言われ方に慣れていない日本人は、その瞬間に「きれる」こともあり得ます。そして解決に向かうどころか、「口の聞き方も知らない奴」と逆に抗議され、事態がこじれてしまう危険があります。特に、会社の中や近所づきあいでは、気をつけましょう。

☆ クリーニング店に苦情を言う

アン♥：あの、ここのしみが落ちていないんですが。

店長♠：申し訳ございません。早速洗い直します。

アン♥：すみませんが、急いでいますので、早めにお願いできま
せんか。

店長♠：はい、夕方までには仕上げておきますので。

衣服の汚れが落ちていないので、店長に苦情を言う場面です。

對洗衣店抱怨

上面是安發現送洗的衣服上沾有沒洗乾淨的污點，而向店長抱怨的場面。

しみが落ちる：除去污垢　　　〜を洗い直す：重洗
早めに：早一點　　　　　　　〜を仕上げる：完成

◉人的忍耐是有限度的◉

日本有「仏の顔も三度まで」這樣的諺語。這是說；不管多麼溫厚的人，如果受到侵侮的話，最後也會生氣的意思。這與日本人的抗議方式很吻合。

日本人在第三次發出警告抗議之前會一直忍氣不吭聲。會搬出對抗手段是在已忍無可忍的時候，可說是「氣爆了」，也就是忍耐到了極限。

身為外國人的各位朋友，在日本初次發牢騷或抗議時，也請用溫和拜託的語氣。若是一開始就用抗議不悅的口吻，不習慣這種說話方式的日本人在那瞬間可能就「氣爆了」。問題不但沒有解決，反會被抱怨說「不懂說話技巧的傢伙」，事情會變得更複雜。因此在日本公司中或在與鄰居的相處上要特別注意。

☆　騒音の苦情を言われる

〈最初の苦情〉

木村♥：あのう、隣の木村ですが。

アン♥：はい、何か?

木村♥：うちは赤ん坊がいるもので、夜はもう少しステレオの音を
　　　　小さくしていただけませんか?

アン♥：あっ、どうも申し訳ありません。

木村♥：いえ、こちらこそ、勝手なことを申しまして。では、よろ
　　　　しくお願いします。

〈二度目の苦情〉……（冷たい表情で）……

木村♥：先日もお願いしましたが、夜分に大きな音でステレオを
　　　　かけられると、大変迷惑します。

アン♥：申し訳ありません。すぐ小さくします。

〈抗議・警告〉……（怒った顔で）……

木村♥：再三お願いしたのに、お聞き入れいただけないのはどう
　　　　いうことですか? もう一度こんなことがあったら、大家さ
　　　　んに話して処置してもらうしかありません。

アン♥：申し訳ありません。

木村♥：少し常識というものをわきまえてください。

────────────────────────────

　隣の部屋の木村さんから騒音の苦情を言われた場面です。一度
目、二度目と日本人の言い方が変化することに注目してください。

第一次的抱怨

　　上面是木村向 安抱怨受其噪音困擾的場面。請注意日本人在第一次和第二次抱怨方式的變化。

　赤ん坊：嬰兒
　ステレオ：立體音響
　勝手なこと：自私的事

第二次的抱怨（用冷漠的表情）

　先日：前幾天
　夜分：夜晚
　迷惑（する）：麻煩

〈抗議・警告へ〉

　　三回目には警告を入れた抗議に変わることが多いでしょう。これが最終段階で、忍耐の限度だとあなたに伝えているのです。

抗議・警告（用生氣的表情）

　　大多是在第三次抗議中帶有警告的意味。那是最後警告，對方已經到了忍耐的極限。

　再三：再三
　〜を聞き入れる：採納
　大家：房東
　〜を処置する：處置
　常識をわきまえる：有常識

☆ 車の接触事故

男 ♠：馬鹿野郎！どこを見て運転してるんだ！この車、どうしてくれる気だ。

良子 ♥：何、言ってんの。信号無視はそっちじゃない。それに、あなた、少しお酒が入ってるんじゃないの？ こっちこそ、車の修理費は出してもらうわよ。とにかく警察に連絡しましょ。白黒は警察につけてもらいましょうよ。

車の接触事故が起こりました。このケースは非が相手にあるのに、言いがかりをつけてきているのですから、はっきりとした抗議をするべきです。「すみません、〜」のような言い方では、あなたが修理費や賠償金を取られてしまいます。

車子的碰撞事故

上面是發生車子碰撞事故的對話。明明是那位男士的錯，但他反而藉口找碴，所以良子理直氣壯地提出抗議。若良子說了「すみません、〜」，可能就得支付修理費及賠償金。

馬鹿野郎：混蛋	酒が入る：喝醉
どうしてくれる気だ：你要怎麼辦	そっち：你
何、言ってんの：你在說什麼	とにかく：總之
信号無視：闖紅燈	白黒をつける：分辨是非
修理費：修理費	
〜に連絡する：連絡〜	

☆ 約束不履行に対する抗議の手紙

急啓　先週、そちらとお電話でお話しし、当店の店先には車を駐車しないという旨の約束を取り交わしましたが、その後、一向に改善される様子がありません。

　当店としては、できるだけ穏便に済ませたいと考えておりましたが、誠意ある対応をお示しいただけないようであれば、営業妨害として法的処置をとらざるを得ません。

　早急に約束をご履行くださるよう、重ねてお願い申し上げます。

草々

　相手に誠意が見られないとき、このような警告を入れた抗議状を送ることがあります。口調は丁重ですが、告訴する場合もあるという最後通知です。

抗議不履行約定的信

　　上面是業者對沒誠意改善違規停車的車主，遞送帶有警告意味的抗議信。語氣相當慎重，但帶有必要時會提出法律訴訟意味的最後通牒。

店先：店面	～という旨：～的宗旨
約束を取り交わす：互許約定	一向に～ない：毫無～
穏便に済ませる：和平的方法解決	誠意ある対応：誠意的回應
営業妨害：妨礙營業	～として：以～之名
～ざるを得ない：不得不	履行（する）：履行
重ねて：再次	

課題会話

〈課題1〉寿司の出前が届かなくて

A　　：あの、○○ですが、頼んでいた出前がまだ届いていない
　　　　[1]_____が……。

店長♠：すみません。店がたて込んでいた [2]_____……。

A　　：急いで [3]_____ませんか。こちらはお客がみえている
　　　　ので、困っているんです。

店長♠：申し訳ありません。早速、お届けします。

　出前が約束の時間になっても来ないので、電話して苦情を言う
場面です。謝るときは、一番いい理由の表現は何でしたか。

沒收到外燴壽司

　　上面是過了送外燴的時間，外燴還沒送來而打電話抱怨的場面。
道歉時說明理由的最好的表達法是什麼呢？

　出前：外燴
　～が届く：送達
　～がたて込む：繁忙～
　～もので：因為
　～がみえる：光臨～

〈課題1〉解答

1)→んです　2)→もので　3)→もらえ／いただけ

328

〈課題 2〉お店に品物の苦情を言う

A ：この電気かみそり、昨日、こちらで買ったばかり 1)＿＿＿＿＿、調子がよくない 2)＿＿＿＿＿が、……。

店長♠：3)＿＿＿＿＿＿。ちょっとお見せいただけますか。

A ：はい、これです。

店長♠：確かにモーターの調子がおかしいですね。直ちに取り替えます。

　買った物の調子が悪いので、店の人に取り替えてもらう場面です。「～のに、～んですが」はこのような場合の常套表現です。

對商店抱怨不良品

　　這是A剛買的電動刮鬍刀有問題，拿去商店換的場面。「～のに、～んですが」常用於這種場合。

電気かみそり：電動刮鬍刀

～た-ばかりだ：剛剛

調子：狀態

確かに：的確

モーター：馬達

直ちに：立刻

～を取り替える：更換

〈課題 2〉解答

1)→なのに　2)→んです　3)→申し訳ございません

2 催促の仕方

※ 学習者のハラハラ会話 ※

☆ 入金の催促

リー♠：昨日がご入金いただくお約束の日だったと思いますが、

　　　　1)いったいどういうことなのでしょうか。

取引先：申し訳ありません。近日中にはなんとかいたしますので

　　　　……。

リー♠：2)もし、一週間以内に振り込まれていないようであれば、

　　　　納品はストップさせていただくしかありません。よろし

　　　　くお願いいたします。

♣

催促入帳

　近日中になんとかする：這幾天會想辦法

　～に振り込む：匯入　　　　納品をストップする：停止送貨

♣

耶！為什麼呢？

　剛開始催促時並不會用這麼強硬的語氣。

1)→何か手違いでもございましたでしょうか

2)→誠に申し上げにくいことなのですが、上司は入金がこれ以上

　　遅れるような会社には、もう納品しないと申しておりまして、

　　担当者として私も困っております

【重點提示】 ∼∞∼∞∼∞∼∞∼∞∼∞∼∞∼∞∼∞∼∞∼∞∼

用「何か手違いでも？」開頭

　　會用如上面會話中那麼強硬的口氣，通常是在第二次之後催促時才用。特別是「いったいどういうことでしょうか」這句話是逼問手法之一。實際上是帶有很嚴厲譴責的語氣。若是小李能婉轉地對方說「年度末に入金にいただくとのお約束だったと思いますが、何か手違いでも（ございましたでしょうか）？」（我想已經跟您約定年度末匯款的，是不是有什麼差錯？）就好了。尤其這句「何か手違いでも」是為對方著想，先給對方解釋機會的表達。

用傳言形式來傳達的技巧

　　「もし、一週間以內に振り込まれていないようであれば、そちらへの納品はストップさせていただくしかありません」（如果一星期內沒有匯款進來的話，只好停止出貨給您們）這句話適用於最後通牒，一開始不該就這麼說。

　　在這種情形下，小李如能「誠に申し上げにくいことなのですが、上司は入金がこれ以上遅れるような会社には、もう納品しないと申しておりまして」（實在很難開口，但是上司已交代如果再不匯款的公司，就不再送貨了。），如此藉上司之名做傳話比較恰當。這樣對方不但會緩和傳話者的印象，事情也能順利解決。對於事態的變化如能以溫和的態度面對的話，也能留後路。在商場上，到最後關頭還能避開斷定的說法才是明智之舉。

よく使う表現

☆ **催促するときの前置き**

① 大変申し上げにくいことですが

▽言いにくいことなんだけど

② 誠に申し訳ないのですが

▽悪いんだけど

☆ **催促するとき**

③ ～までにお返しいただくことになっていた〔○○万円／○○（品名）〕の件ですが、まだお返しいただいていないんですが、……

▽この前貸した〔○○万円／○○（品名）〕、～までに返してくれることになっていたと思うけど、……

④ 先日お願いした～の件について、その後〔ご連絡／お返事〕をいただいていないのですが、……

▽この前頼んだ～の件、その後〔連絡／返事〕をもらってないんだけど、……

☆ **つけ加える言葉**

⑤ 何か手違いでもあったでしょうか

⑥ どういうわけでしょうか

⑦ どういうことでしょうか

332

☆　催促時的開頭語

　　關係親密的話，直截了當地說「この前貸した金、返してくれよ」
（上次借給你的錢，還給我）是沒關係的。若再加句「悪いんだけど」
（不好意思！）來當開頭語的話，會讓對方感到溫和。

①實難以啟齒，可是我仍要說……
②不好意思，關於……

☆　催促時

　　③是用於催討借貸給他人金錢或物品時。④則是用於催促對方
回應拜託時的表達法。上面列舉出對催促對象有所顧慮或長輩的表
達法。如果對方與自己的關係親密的話，用▽的表達法即可。

③我還沒收到你應還給我的（錢／物品）。
④關於前幾天拜託您的事，您還沒給我一個答覆。

☆　添加的詞語

　　先是用像⑤那樣禮貌性地向對方詢問原委，第二次以後仍沒看
見對方有誠意修正的話，可以用像⑥⑦那樣比較強硬的語氣。

⑤是不是有什麼事？
⑥究竟是什麼原因？
⑦你有什麼理由？

☆ 友人に貸した本を返すよう催促する

アン♥：この前貸した本、もう読み終わった?

級友♠：もう少しなんだ。

アン♥：悪いけど、他にも借りたいという友だちがいるんで、

　　　　ちょっと急いでくれない?

級友♠：わかった。今週中に読み終えて返すよ。

　親しい関係であれば、率直に返還を催促すればいいでしょう。その際、「他にも借りたいという友だちがいるので、〜」のように理由を付けた方が説得力が増します。

向朋友催促還書

　因爲安和同班同學是熟識，所以用坦率的說法催討借給同學的書。再者，安說「他にも借りたいという友だちがいるので、〜」說明非催討不可的理由，更添加幾分說服力。

　　〜に〜を貸す：借給〜

　　〜を読み終わる：閱讀完〜

　　〜に〜を借りる：向〜借

　　今週中：本週內

　　〜を読み終える：把〜閱讀完

　　〜を〜に返す：歸還〜給〜

334

☆ 先輩に貸したお金を返すよう催促する

リー♠：先輩、申し訳ないんですが、先日飲み屋でお立て替えし

たお金、まだ返していただいてないんですけど……

先輩♠：あっ、ごめん、ごめん。すっかり忘れてた。

え〜っと、それでいくら借りてたっけ？

リー♠：あのう、九千五百円ですけど。

先輩♠：……（一万円札を渡しながら）……

じゃ、これ、迷惑をかけたことだし、お釣りはいらないよ。

「申し訳ないんですが、先日お貸ししたお金、まだ返していた
だいていないんですけど」は、目上の人に催促する時の常套表
現なので、そのまま覚えて使ってください。

向前輩催還借款

「申し訳ないんですが、先日お貸ししたお金、まだ返してい
ただいていないんですけど」（對不起，前幾天借給您的錢您還沒
有還，…）是對長輩催討借款常用的表達法。請謹記這句話。

飲み屋：飲酒店

〜を立て替える：墊付〜

〜たっけ：是什麼來著？

〜に〜を渡す：交〜給〜

迷惑をかける：添麻煩

釣り：零錢

☆ 借金の返済を催促する手紙

拝啓 寒さも厳しくなってまいりましたが、その後、お変わりなくお過ごしのことと存じます。

さて、大変申し上げにくいことですが、先週末までにお返しいただくことになっていた〇〇〇万円が、未だに口座に振り込まれておりません。

当方でも娘の結婚を控えて何かと物入りで、大変困っております。何とぞこちらの事情もご賢察いただき、早急にご返済いただけるようお願い申し上げます。取り急ぎお願いまで。　　　　敬具

借金の返済を催促する最初の手紙例です。貸した金の返済を催促するというのは、電話や直接会って言うと、感情的になったり、言葉が激しくなったりしてうまくいかないことが多いものです。そんなときは手紙を使った方がいいでしょう。

催促償還借款的信函

這是初次催討借款的書信範例。若是用電話或當面說，容易變得情緒化，用詞也會變得激烈，以致無法達到討債的目的，此時用寫信是最好的方式。

未だに～ない：尚未～
当方：我方
～を控えて：面臨～
何かと物入り：樣樣要開銷
何とぞ：請
ご賢察いただく：敬請明鑒
取り急ぎ～まで：謹此

再度、借金の返済を催促する手紙

前略 先日、お電話でも「早急に口座に振り込む」とのお約束を
いただいたのに、今もって振り込まれておりません。これはどう
いうことなのでしょうか。

　これ以上そちらの誠意が見られないとあれば、私としましては
最終手段として法的措置をとらざるを得なくなります。ご事情が
おありかとは存じますが、今月の十日までにご返済くださるよ
う、重ねてお願い申し上げます。　　　　　　　　　　　草々

　借金の返済を催促する二度目の抗議も込めた手紙例です。最
初の催促に対して相手側の誠意が見られないときは、再度返済を
請求する手紙を送ります。そうしておけば、法的処置を執らざる
を得なくなった場合の証拠ともなります。

第二次催討借款的信函

　　　這是第二次催討借款並帶有抗議語氣的書信範例。因爲第一次
催討之後仍不見對方有還錢的誠意，所以再次遞送催款信函。這麼
做也可成爲將來訴諸法律的證據之一。

　今もって〜ない：至今尚未

　誠意が見られない：看不出有誠意

　法的措置をとる：採取法律上的措施

　〜ざるを得ない：不得不

　重ねて：再次

課題会話

〈課題1〉借金の返済を強く催促する

A ♥：ねえ、この前貸したお金のことだけど、早く¹⁾（返す→
　　　　）よ。給料日に返すと約束したでしょ。

友人♠：²⁾＿＿＿＿。近いうちに返すから、もうちょっと待ってくれ
　　　ない？

A ♥：「近いうち」って、³⁾＿＿＿＿？給料日から、もう三日も
　　　経ってるのよ。

友人♠：わかったよ。今日中になんとかするよ。

　親しい友人との会話ですから、率直に話した方が自然です。また、
相手が約束を守らない場合は厳しく詰問してもいいでしょう。

強硬催討借款

　　這是A與朋友間的對話，坦率的說話方式顯得自然。如果朋友
失約的話，也可以狠狠地質問他。

　近いうちに：近期內

　～が経つ：經過～

　今日中：今天之內

　なんとかする：想辦法

〈課題1〉解答
1)→返して　2)→ごめん　3)→どういうこと

338

〈課題2〉図書館からの督促状

　〇〇月〇〇日付けで督促のお葉書を差し上げましたが、以下の本が返還されていません。

　　1.〇〇〇〇

　　2.〇〇〇〇

　このようなことが繰り返される場合、本図書館としては、今後[1]（貸し出す→お＿＿＿できなくなる）場合も生じます。

　至急、上記の本の返還をお願いいたします。なお、既にご返還[2]（して／なされて）いた場合は、[3]＿＿＿申し上げます。

　文面は丁重ですが、最後通牒が含まれています。

圖書館的催促函

　　書面的字句用詞很鄭重，但帶有最後通牒的意思。

督促（状）：催促信

～に～を返還する：歸還～給～

～を繰り返す：反覆～

～に～を貸し出す：把～借給～

～が生じる：發生～

既に：已經

〈課題2〉解答

1)→お貸し出し　2)→なされて　3)→お詫び

〈課題3〉こんな時、どう言いますか

ロールカード1

A: 新幹線に乗ったら、あなたの指定席に誰か座っていました。
どうしますか。

B: あなたは、その席が自分の指定席だと思っていました。しかし、
もう一度確認してみると、間違っていました。どうしますか。

ロールカード2

　お世話になった先輩が、あなたの車を借りていったまま、なか
なか返してくれません。言葉遣いに注意して催促の手紙を書いて
ください。

◉ よく使われる口語形早見表 ◉

1. **って** 〈←と／という／というのは〉

   僕は田中って言います。　　　〈←と〉

   リー君は行くって言ってた。　〈←と〉

   男って馬鹿ね。　　　　　　　〈←というのは〉

   リーさんって方から電話よ。　〈←という〉

2. **じゃ** 〈←では〉

   じゃ、また明日。　　　　　　〈←では〉

   これ、私の本じゃないよ。　　〈←ではない〉

   おい、雨じゃないか。　　　　〈←ではないか〉

   あれはリーさんじゃない？　　〈←ではない？〉

3. **んだ** 〈←のだ〉

   この本は僕んだ。　　　　　　〈←のだ〉

   どうしたんですか　　　　　　〈←のですか〉

   急いでいるんですが、～　　　〈←のですが〉

   何かあったんでしょう。　　　〈←のでしょう〉

4. **んじゃない** 〈←のではない〉

   泣くんじゃない。　　　　　　〈←のではない〉

   君が悪いんじゃない。　　　　〈←のではない〉

   少し高いんじゃないか。　　　〈←のではないか〉

   帰ったんじゃない？　　　　　〈←のではない？〉

5. ちゃ／じゃ 〈←ては／では〉

食べちゃ寝、寝ちゃ食べ。　　〈←ては＝反復〉

遅刻しちゃいけない。　　　〈←てはいけない〉

死んじゃいけない。　　　　〈←ではいけない〉

急がなくちゃ遅刻するよ。　〈←なくては〉

6. なきゃ／なけりゃ 〈←なければ〉

君がやらなきゃ誰がする？　〈←なければ〉

言わなけりゃいいさ。　　　〈←なければ〉

やらなきゃならない。　　　〈←なければならない〉

行かなけりゃならない。　　〈←なければならない〉

7. たって／だって 〈←ても／でも〉

いくら言ったって無駄だ。　〈←ても〉

急いだって間に合わない。　〈←でも〉

見たっていいよ。　　　　　〈←てもいい〉

怒らなくたっていい。　　　〈←なくてもいい〉

だって嫌いなんだもの。　　〈←でも〉

8. て形接続の助動詞

① てる／でる 〈←ている／でいる〉

あそこに座ってる人、誰？　〈←ている〉

鳥が空を飛んでる。　　　　〈←でいる〉

最初から知ってたよ。　　　〈←ていた〉

子どもが公園で遊んでた。　〈←でいた〉

342

② とく／どく 〈←ておく／でおく〉

　　僕から伝えとくよ。　　　　　　〈←ておく〉

　　今日、この資料を読んどく。　〈←でおく〉

　　あの話、彼に伝えといた。　　〈←ておいた〉

　　私に任せといてください。　　〈←ておいて〉

③ ちゃう／じゃう 〈←てしまう／でしまう〉

　　食べないと腐（くさ）らせちゃうわ。〈←てしまう〉

　　これ以上殴ると死んじゃう。　〈←でしまう〉

　　しまった。忘れちゃった。　　〈←てしまった〉

　　もう読んじゃったよ。　　　　〈←でしまった〉

9.　かなぁ／かしら 〈≒だろうか〉

「（～かなぁ」は男女兼用（だんじょけんよう）、「～かしら」は女言葉。）

　　明日晴れるかなぁ。

　　どうすればいいかなぁ。

　　彼、来るかしら。

　　どうしたのかしら。

10.　かい？／だい？ 〈≒ですか／ますか〉

（男言葉で、疑問詞（ぎもんし）を含む疑問文（ふくぎもんぶん）では「～だい？」、疑問詞を含まない疑問文では「～かい？」が原則）

　　これは君のカメラかい？

　　君も食べるかい？

　　今、何時だい？

　　先生はどんな人だい？

　　どうしてこんな失敗（しっぱい）をしたんだい？

◉よく使う丁寧な言葉◉

普通	丁寧
わたし	わたくし
わたしたち	わたくしども
あなた	あなたさま・おたく
この人（ひと）	こちらの方（かた）
この人たち	こちらの方々（かたがた）
みんな	みな様（さま）
こっち	こちら
そっち	そちら
あっち	あちら
どっち	どちら
だれ	どなた
どこ	どちら
どう	いかが
どうやって	どのように
いくら	いかほど
ちょっと	少々（しょうしょう）
ほんとうに	誠（まこと）に
いま	ただいま
すぐ	早急（そうきゅう）に
いい	よろしい／けっこう

普通	丁寧
明日（あした）	明日（みょうにち）
今日（きょう）	本日（ほんじつ）
昨日（きのう）	昨日（さくじつ）
あさって	明後日（みょうごにち）
おととい	一昨日（いっさくじつ）
去年（きょねん）	昨年（さくねん）
おととし	一昨年（いっさくねん）
今朝（けさ）	今朝（けさ）ほど
ゆうべ	昨夜（さくや）
さっき	先（さき）ほど
これから	これより
いま	ただいま
このあいだ	先日（せんじつ）
今度（こんど）	この度（このたび）
さようなら	失礼（しつれい）します
すみません	申しわけありません
ある	ございます
です	でございます

「お」と「ご」

　「御」は「お」とも「ご」とも読むのですが、「お約束する・お料理する」や「ご案じになる・ご案じいたす」などの例外を除いて、一般に和語動詞は「お」、漢語動詞（〈漢語〉する動詞）は「ご」をつけると覚えておきましょう。

◉ よく使う敬語動詞一覧表 ◉

普通	尊敬	謙譲
する	なさる	いたす
来る	いらっしゃる おいでになる お見えになる お越しになる	まいる 伺う
行く	いらっしゃる おいでになる	まいる 伺う
てくる ていく	ていらっしゃる	てまいる
いる	いらっしゃる おいでになる	おる
ている	ていらっしゃる	ておる
訪ねる・尋ねる		伺う
です	でいらっしゃる	
言う	おっしゃる	申す
思う		存じる
知っている	ご存じです	存じ上げておる
食べる・飲む	召し上がる	いただく

346

普通	尊敬	謙譲
着る	お召しになる	
歳をとる	お歳を召す	
気に入る	お気に召す	
聞く	お耳に入る	伺う／承る
会う		お目にかかる
借りる		拝借する
見る	御覧になる	拝見する
わかる		承知する
		かしこまる

動詞の敬語形と謙譲形

待ち [ます] → お待ちになる 〈尊敬形〉

お待ちする 〈謙譲形〉

お待ちください 〈依頼の尊敬形〉

遠慮 [する] → ご遠慮になる 〈尊敬形〉

ご遠慮する 〈謙譲形〉

ご遠慮ください 〈依頼の尊敬形〉

後　記

　　成爲日語教師之後，經常有機會透過學生的眼光與角度來看日本社會及日本人。換言之，身爲日本人的自我意識每天都在動搖。最近我的心境有了轉變，終於接受自己是日本人這個事實。那種心境是一種非以自我文化爲中心，也非否定或輕視自我文化的心情。透過日語教師這個職業，超越了國家、民族，似乎也發現了不同國度的人的存在。

　　舉例來說；日本人在表達夫妻之間的愛情時，並不會每天都露骨地對另一半說「我愛你」，而是微笑地說「我出門囉！」。因國家及言語的不同，表達法也有所差異。但夫婦間的情愛以及對子女的關愛，甚至喜怒哀樂等感情並無不同。

　　文化的差異造成表達方式的不同，其中並無優劣之分。發現這一點的同時，更讓我再度認清日語之美。在編輯這本「話說日本人之心　機能別日語會話」的過程中，同時也再度發現了日本。

著作代表　目黑真實

國家圖書館出版品預行編目資料

機能別日語會話：話說日本人之心/目黑真
實等編著.--初版.--臺北市：鴻儒堂，
民 92
　　面；公分
　　ISBN　957-8357-49-4(平裝)

　　1.日本語言─會話

803.188　　　　　　　　　　92002463

作 者 簡 介

▶目黑真實 (めぐろ　まこと) 日本語教師

▶勝間祐美子 (かつま　ゆみこ) 日本語教師

▶濱川祐紀代 (はまかわ　ゆきよ) 大阪大學大學院文學研究科
博士前期課程

▶栗原　毅 (くりはら　たけし) 精神科醫師

譯 者 簡 介

▶陳山龍
中國文化大學東語系日文組畢業
日本東京教育大學碩士
東吳大學日本文化研究所文學博士
現任：私立淡江大學應用日語系專任副教授
曾任：私立輔仁大學東語系專任講師
　　　國立海洋大學專任講師
　　　私立東吳大學日文系主任
　　　南台科技大學應用日語系主任

話說日本人之心

機能別日語會話

●定價：280 元●

2003 年(民 92 年) 4 月初版一刷
本出版社經行政院新聞局核准登記
登記證字號:局版臺業字 1292 號

著　　　者：目黑真實、勝間祐美子、濱川祐紀代、
　　　　　　栗原毅
譯　　　者：陳山龍
發　行　人：黃成業
發　行　所：鴻儒堂出版社
地　　　址：台北市中正區 100 開封街一段 19 號二樓
電　　　話：23113810．23113823
電話傳真機：23612334
郵 政 劃 撥：01553001
E — 　mail：hjt903@ms25.hinet.net